集英社オレンジ文庫

十番様の縁結び

神在花嫁綺譚

東堂　燦

本書は書き下ろしです。

目次

イラスト／白谷ゆう

十番様の縁結び《じゅうばんさまのえんむすび》
神在花嫁綺譚《かみありはなよめきたん》

暗闇のなか、一条の光を見たことがあった。
星々の光のように、優しく煌めいた蜘蛛の糸。
泣きたくなるほど美しく、慰めるように小指に絡みついた糸を、
生涯忘れることはない。
それは閉ざされた世界に垂らされた、
たったひとつの希望の糸であった。

序

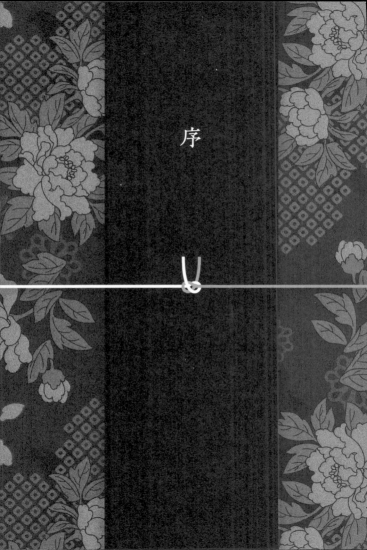

少女の世界は、いつも暗がりにあった。

塀《へい》に囲われた木造の平屋は、少女が機織《はたおり》をするための工房であり、少女を閉じ込めるための檻《おり》でもあった。平屋の室《しつ》という室は、日中でさえも碌《ろく》な光が差さず、いつも陰鬱《いんうつ》な空気が漂っていた。

とうに日も暮れて、虫も鳴かぬ真夜中のことだった。

薄暗い工房に、かたん、かたん、と機織の音が響く。

小さな石油ランプの光が、少女の手元、足元を照らしている。ほんのわずかな光であったが、少女にとっては十分すぎるほどの明るさだった。

傷だらけの指で織《お》り機《き》を撫《な》でると、目を伏せて、一呼吸する。

そうして、少女は慣れた様子で踏木《ふみぎ》を動かした。綜絖《そうこう》が上下する。ぴん、と張った経糸《たていと》と経糸の間に、杼《ひ》で緯糸《よこいと》を通すと、今度は筬《おさ》を使って緯糸を打ち込んでいく。

同じ動作を繰り返しながら、少女は反物を織りあげてゆく。

頭のなかには、寸分もくるうことなく、出来あがりまでの工程があった。意匠図《いしょうず》に起こす必要もなく、ただ頭の中をなぞるように、織り機を動かすだけだ。

幼い日、この場所に幽閉《ゆうへい》されたとき、はじめて織り機に触れた。少女の意志ではなく、少女を閉じ込めた人々に命じられた結果だった。

けれども、今の少女は知っている。自分は織ることでしか生きられない、織らなければ生きてゆけない生き物なのだ。

たとえ幽閉されていなくとも、少女は機織であっただろう。

ふと、織り機のうえに、細い何かが垂れてきた。

（糸？）

まるで光で染め分けたように、まだらに輝く糸だった。淡い光を纏《まと》いながら、蜘蛛の糸のように天井から垂れている。

見たことのない糸だ。いま少女があつかっている糸とも違う。

天井を見上げようとしたとき、部屋の隅に何かが落下した。織り機の前にいる少女からは、少し離れた場所だった。

虫や鼠《ねずみ》にしては、あまりにも大きな落下音だ。

「誰か、いるの？」

小さな石油ランプは、織り機の周囲だけを照らしている。少女の背後には、当然のように暗闇が巣くっているはずだ。

その暗がりに、誰かがいる気がした。

「怖がらせて、ごめんなさい。君の邪魔をするつもりはなかったんです」

　声変わりを迎えたばかりの、少年のような声だった。遠い昔、母親と二人で暮らしていた頃、町で擦れ違った男の子たちの声と似ている。

「機織の音につられて、迷い込んでしまったんです。どうか怖がらないで。すぐに出ていきますから」

　怖がる。相手の言葉に、少女は首を傾《かし》げた。

「嬉しい。お客さんが来るの、はじめて」

　胸に込み上げたのは、恐怖ではなく嬉しさだった。魂を込めて織りあげた反物《たんもの》を、乱暴に奪い取っていく叔母《おば》や祖父母とは違う。暗がりにいるのは、少女に会いに来てくれた、少女だけの《お客さん》だった。

「はじめて？　君ほど優れた機織さんならば、きっと誰もが会いたがるでしょう。僕には分かります。君の織ったものは、きっと花のように、匂《にお》いたつように美しい」

「褒《ほ》めてくれた？」

「このうえなく」

「ありがと。あのね、それなら、わたしにも褒めさせて。あなたの糸、とっても綺麗《きれい》ね。こんなに綺麗で美しい糸、はじめて見たの」

　星々の光を纏ったような、淡く輝く、少女の人生で最も美しい糸だった。

不思議と、少女には確信があった。先ほど天井から垂れてきた糸は、暗がりにいる誰かが紡《つむ》いだものだ、と。

「きっと、あなたの糸で織ったなら。何を織ったとしても、優しくて、綺麗なものになる。ぜったいに。わたしは機織だから、そういうの分かるの」

あれほど美しい糸ならば、何を織ったとしても、誰もが見惚《みと》れる代物《しろもの》になる。

織ってみたい。きっと、彼の糸で織ったものは、今まで少女が織ってきた何よりも綺麗で、美しいものになる。

「ごめんね。怒った？」

返事がないことを不安に思って、恐る恐る、少女は振り返ろうとする。しかし、振り返る直前、声があがった。

「怒ってなどいませんよ。……けれども、どうか、こちらを見ないでください。僕は、とても醜《みにく》いから。きっと君を怖がらせてしまいます」

「そんなことないと思う。でも、見ちゃダメなのね」

たとえ、どのような姿であったとしても、恐ろしい、と感じることはないだろう。優しい声で、機織りのことを褒めてくれた男の子だ。どのような姿であっても、きっと好きになってしまう。

彼の姿を見てみたい。真っ直ぐ、顔を見ながら話したい。だが、せっかく来てくれた《お客さん》の嫌がることはしたくなかった。少女の目は特別だから、おそらく暗がりにいる彼の姿も見えてしまう。

「ねえ、機織さん。名前を教えてくれますか?」

「名前? あんた。お前。おい、それ、あれ。愚図《ぐず》、鈍間《のろま》、役立たず……」

指折り数えるように、少女は呼び名を連ねた。少女を閉じ込める者たちは、少女に向かって、そう呼びかける。

「そんなもの。そんなものは、名前ではありません」

「じゃあ、わたしには名前なんてないの」

ここに閉じ込められる前は、もしかしたら、少女は名前を持っていたのかもしれない。もう思い出すことはできないが、母と二人で暮らしていた頃、母が呼んでくれた名前があったのだろう。

だが、思い出せないならば、その名は消えてしまったようなものだ。

「名前がないのならば。僕が。……僕が、いつか素敵な名前をつけてあげます」

「本当?」

「今は無理でも! いつか、いつか君を迎えに来ます。そうして、いっとう素敵な名前をつけてあげます。小さな機織さん。君は、きっと街一番の機織になるでしょう。君ほど一《いち》途《ず》に織る人を、僕は知りません」

目の奥が熱くなって、少女は冷えた指先で目元を拭《ぬぐ》った。

「嬉しい」

出逢《であ》ったばかりで、相手の姿も知らない。だが、涙が出るほど嬉しい言葉だった。

少女の人生は、すでに定められている。命の限り、叔母の代わりに織り続けるしかない。少女が織りあげたものは、少女の織ったものとして世に出ることはない。名前を持たないから、少女は自分が織ったものを、自分の物にすることもできない。

奪われるだけの少女に、名前をつけてあげる、と言ってくれた、何かを与えようとしてくれた。そんな優しいことをしてくれるのは、彼だけだった。

「約束します、必ず迎えに来ます。だから、どうか。僕のことを忘れないで」

すがるような、祈るような声が鼓膜《こまく》を揺らす。

「忘れるわけない」

ずっと寒くて堪《たま》らなかった心に、あたたかな光が灯るようだった。

幸福な気持ちのまま、少女は目を閉じた。深い眠りに誘われて、そのまま意識は闇に落ちてしまう。

目を覚ましたとき、暗がりで言葉を交わした誰かは消えていた。

あれは夢だったのだろうか。しかし、少女の小指には、まるで約束を交わすように、細い糸が巻きついていた。

(夢でも良いのかな。だって、とっても嬉しい。幸せな夢だった)

少女は祈るように、小指に巻きついた糸に口づける。

それは五年前、たった一夜の幸福な夢だった。

年頃の娘になった今も、暗がりで機織をする少女は、時折、夢に見る。名前をつけてあげる、と言ってくれた、顔も知らぬ誰かのことを。

いつか迎えに来ます、と言ってくれた、優しい男の子のことを。

1.

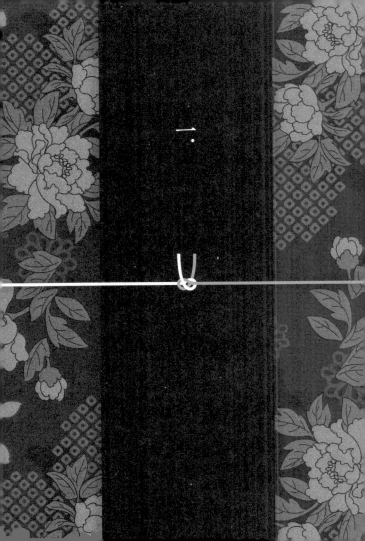

街一番の機織《はたお》り上手《じょうず》を、領主の花嫁とする。

真《まこと》しやかに、そのようなことが噂《うわさ》されるのは、五年ほど前からだったという。


織物の街、花絲《はないと》。

その名に恥じぬよう、花のように美しい織物を織る街として、国の隅々まで名を轟《とどろ》かす街だ。頑《かたく》なに国を鎖《とざ》していた昔と違い、外《と》つ国《くに》の文化が入り混じるようになった今の時代であっても、変わらず確固たる地位を持っていた。

花絲の街。とある商家の一画には、塀《へい》に囲まれた平屋がある。

高い塀や、さらに内側にある庭木によって、外から中の様子を探ることはできない。故に、ごく限られた者以外、そこに機織の少女が幽閉《ゆうへい》されていることを知らなかった。

真冬の冷たい空気が、古びた障子戸《しょうじど》の隙間《すきま》から吹き抜けた。

体温を根こそぎ奪うような寒風に、板張りの床で眠っていた少女は目を覚ます。

今年は例年よりも寒く、いつにも増して木造の平屋は冷え込んだ。工房として使っている室《しつ》に至っては、庭に面しているせいか、いっそう寒さが骨身に応える。

床に寝転んだまま、少女はゆっくり瞬きをする。

(朝だ。次は、何を織るんだっけ?)

昨夜、この頃ずっと織っていた反物《たんもの》を仕上げたばかりなので、工房に置かれた複数の織り機には、どれも糸が巻かれていない。はやく次の織物に取り掛からなければ、食事を抜かれるか、打《ぶ》たれるか、いずれにせよ折檻《せっかん》が待っている。

ふと、少女の耳は、軽やかな足音を拾った。聞きなれた足音に、寒さではなく、恐怖から身体《からだ》が震える。寒さも忘れるほど、少女にとって恐ろしいものの訪れだった。

障子戸が開けられる。工房の戸口に、いかにも気の強そうな若い女が立っていた。

「叔母様《おばさま》」

慌てて身を起こそうとするが、女の来訪には間に合わなかった。

「なに呑気《のんき》に寝転んでいるのよ。頼んでいた物は仕上がっているの？　あんた、愚図なんだから、休んでいる暇なんてあるわけ？」

畳《たた》みかけるような声に、少女は肩を揺らした。怯《おび》える少女に腹を立てたのか、女は大股《おおまた》で近寄ってくると、少女の前髪を摑《つか》んだ。

少女にとっては叔母にあたる女で、名を実里《みのり》という。叔母といっても、少女より幾つか年上といったところで、十八歳だったか。年齢差だけを考えると、叔母というよりも姉に近い。

実里は少女の前髪を摑んだまま、思い切り引っ張った。その拍子に、彼女の纏《まと》っている小袖《こそで》の身頃《みごろ》が揺れる。

（わたしが春に織ったものだ）

少女が織った反物から仕立てた小袖だ。

あらかじめ染め分けられた糸を経糸《たていと》として、文様を織りあげたものだ。すべて藍《あい》色に染めるのではなく、あえて白いままの部分を残す、つまり藍と白に染め分ける。そのような糸を使うからこそ、美しい文様を織り出すことができる。

先の尖った文様を、何と呼ぶのか、少女は知らない。だが、何度も織りあげたことがあるので、人気の文様ということは知っていた。

「聞いているの!? 早くしないと、祝言《しゅうげん》に間に合わないって言ったでしょう」

怒鳴り声に竦《すく》みあがって、少女は室の隅を指さした。

衣桁《いこう》に掛けられた反物は、赤地に花の文様を織り出したものだ。婚礼用の色打掛《いろうちかけ》を仕立てるらしい。色糸や金銀糸を使い、四季折々の花を散りばめた反物は、花嫁の衣裳にふさわしい。

「出来上がっているなら、そう言いなさいよ。本当、あんたって愚図ね」

実里は吐き捨てると、ようやく少女の前髪を放した。尻餅《しりもち》をついてしまった少女は、ゆっくり首を傾《かし》げる。

「お姫様でも結婚するの？　大きな御家《おいえ》の」

平屋に幽閉され、朝から晩まで機織りする少女には、外の世界で当たり前とされる知識がなかった。

織り方や文様すら見て覚えたくらいなので、経験はあっても知識がないのだ。

物心ついた頃には、すでにそうだった。少女は見るだけで、どのように織りあげられたのか理解できた。

故に、知識として身につける必要がなかった。織りあげるまでの工程が見えてしまうのだから、あとは修練を積み、技法を身につけるだけだ。叔母たちも、少女が織ることさえできれば、機織としての学など求めなかった。

とはいえ、知識はなくとも、上等な糸か、そうでないかの区別はつく。

秋の終わりから、急ぎ織るように命じられた複数の反物は、今まで織ってきたもののなかでも、一、二を争うほど上等な糸を使っていた。どれも花嫁衣裳となるらしいが、よほど大きな家の姫君なのか、はたまた嫁《とつ》ぎ先の身分が高いのか。

「あたしの結婚に決まっているでしょ」

「叔母様の？」

「ええ。秋の頃から話はあったのだけれど、ようやく正式に決まったの。お父様のところには、もう何度か顔を見せてくださっているのよ。こっそり見たけど、とっても素敵な御方だった。今日はね、わざわざ、あたしにも会いに来てくださるのよ」

物を知らぬ少女に自慢するよう、実里は話し続ける。

本来ならば、顔を合わせるのは祝言の日となるらしい。それも、花嫁の方から、たくさんの嫁入り道具を持って嫁ぎ先に向かう。わざわざ花嫁の生家を訪れて、婚前に顔合わせをするのは、実里のことを特別に望んでくれている証《あかし》なのだ、と彼女は言う。

「街で一番の機織り上手を花嫁とするって話だったもの。あたしのところに来るべき話だったのよ」

実里はうっとり目を細めた。嫁ぎ先は、よほど高貴な一族らしい。

彼女が年頃の娘になってから、祖父母はいちばん良い嫁ぎ先を見つけるために画策していた。実里に来ていた縁談を蹴《け》り続けたのも、実里が嫁ぐには足りない、と考えていたからだ。

祖父母が探していたのは、実里の幸福だけでなく、家の繁栄《はんえい》をも約束される嫁ぎ先だった。実里が嫁ぐ代わりに、この家の後ろ盾ともなってくれる相手だ。

実里は上機嫌のまま、少女の頬《ほお》を指で突く。

「ついてきてくれるでしょう？　あたしの機織さん。あんたは、ずっと、あ、あ、たしの、代、わ、り、に織るのよ。あんたが生きていられるのは、あたしたちのお情けなの。だから、死ぬまで恩を返すの」

「……うん」

「うん、じゃなくて。ありがとうございます、でしょう？　生意気な顔しているんだから、せめて申し訳なさそうにしなさいよ。あんた、顔くらい姉さんに似れば良かったのにね。膚《はだ》も不気味なくらい真っ白で、目なんて血みたいな醜《みにく》い赤なんだから。こんな不器量《ぶきりよう》じゃあ、誰もあんたのことなんか好かないわ。可哀《かわい》そう。ねえ、そうでしょう？」

「……ありがとう、ございます」

　実里は小馬鹿にするように、少女を見下ろした。

「ほんとう可哀そう。醜くて、みすぼらしくて。ちょっとくらい見られるようにしないと、ダメかしら。十織《とおり》に連れていくにしたって、こんな娘、あちらが嫌がりそう」

「十織？」

　実里の嫁ぎ先のことだろうか。話を聞く限りでは、よほど大きな家のようだった。

「花絲の街を治める、領主様の家よ。そんなことも知らないの？」

　花絲という地名は、さすがに知っている。少女が幽閉されている平屋は、花絲という街にあるのだ。

「偉い人？」

「そうよ。花絲の街で、いちばん偉い人。神様の血筋、神様のいる家だもの。十織の一族が織る反物と言えば、神様の力が宿った魔除《まよ》けとして有名で、各地で求められるものよ。まあ、ただでさえ高級品だから、あんたには一生縁がないだろうけど」

「……そうだね」

　襤褸《ぼろ》を着せられた少女には、どうしたって縁のない代物《しろもの》だ。

「特別な機織の家、この街で最も高貴な家よ。領主様――十織家の当主様はね、街一番の機織り上手を娶《めと》るって、言っていたの。だから、領主になられてからの五年間、ずっと結婚しなかったのよ。花嫁にふさわしい娘を見極めていたのね」

　実里は確かめるように、自らが纏っている小袖を撫《な》でた。

　今日の実里は、少女が織ったものから仕立てた衣を着ている。そのことにも意味があったらしい。少女の織ったものは、対外的には実里が織ったものとされる。実里は、自分の作品として、嫁ぎ相手に衣裳を見せるつもりなのだ。

「あたしの機織さん。十織に嫁いでも、いっとう美しいものを織るのよ。街一番の機織、街で一番と名高い《織姫《おりひめ》》の織ったものは、これからも長く、後世にまで遺《のこ》される。……あんたの織るものだけは、あんたと違って美しいんだから」

冷酷《れいこく》な指先が、まるで嬲《なぶ》るように、少女の頰を撫でた。

ある日、実里は教えてくれた。少女の織った反物が評判となり、高値で取引されるようになったことを。そうして、誰かが呼び始めたのだ。それらを織りあげた者のことを、織姫、と。花絲の街には、《織姫》という優れた機織がいる、と人々はうわさした。

それを利用し、我こそ《織姫》である、と名乗りあげたのが実里だ。

間違いではない。実里は死ぬまで少女を放さない。少女の織ったものを、自分の作品として世に出し続ける。

名前もない少女は、ずっと実里の影だ。機織りのできない女に、魂を込めて織りあげたものを取り上げられるのだ。

「なによ、その目」

少女のまなざしが癪《しゃく》に障《さわ》ったのか。実里は少女の着ている襤褸を摑んで、勢い任せに工房の外まで引きずり出した。傷んだ縁側から、少女は雪の積もった庭に突き落とされた。

冷たさに呻《うめ》くと、屈みこんだ実里が、追い打ちをかけるように手を振りあげた。

「ほんっとう生意気ね。何回躾《しつ》ければ、まともになるわけ？　ありがとうございます、あなたの代わりになれて光栄ですって、いつになったら言えるのよ。姉さん――あんたの母親は、よっぽど不出来で、醜い男を選んだのね。あんたみたいな子が生まれるなんて」

何度も振りあげられる手が、少女の身体《からだ》を打つ。打たれるほど、心がひび割れていく音がした。身体の痛みよりも、ずっと心が痛くて堪《たま》らなかった。

いつまで、こんな風に生きなくてはならないのか。死ぬまで、と叔母《おば》たちは言うが、いつのことだ。

寒い。身体ではなく、心が凍えて死んでしまいそうになる。

夢が見たい。優しい夜の夢が見たかった。

(とっても綺麗《きれい》な糸だった。わたしの、わたしだけの《お客さん》)

姿も知らぬ男の子、美しい糸を持っていた《お客さん》がいた。彼だけは、少女を痛めつけることはなかった。少女の織りあげたものを、少女のものとして褒《ほ》めてくれた。

少女には過ぎた幸福だったから、やはり現実ではなかったのだろう。

(夢でも良い。もう一度、同じ夢が見たい)

少女は雪のうえに倒れ込む。ようやく満足したのか、実里は手を止める。

「何やっているのよ。ほら、立ちなさいよ。はやく織るのよ」

雪のうえに手をついて、どうにか立とうとする。しかし、上半身を起こすことが精一杯で、一人では立てなかった。

「ああ。こちらにいらっしゃったのですね」

そのとき、実里と二人きりと思っていた平屋に、男の声が響いた。恐る恐る顔をあげると、少し離れた場所に黒ずくめの男が立っていた。

仕立ての良い外套《がいとう》に、帽子を目深《まぶか》に被《かぶ》っている。外套も帽子も、形からして、おそらく外《と》つ国《くに》から入ってきたものだ。

長く、見ようによっては女人にも見えるような細い指で、男は帽子を外した。

背が高く、驚くほど手足の長い美丈夫《びじょうふ》であった。

新雪を思わせる白い膚《はだ》、穏やかな弧を描く宝石のような緑の瞳、すっと通った鼻筋から唇にかけて、神様が手塩にかけたような造りだ。まばたき一つで、誰もが虜《とりこ》になってしまう美貌《びぼう》である。

柔らかな陽光が、夜を融《と》かしたような黒髪に落ちる。同じ黒でありながら、少女の髪と違って、光を纏いながら輝いている。

男はとろけるような笑みを浮かべると、ゆっくり近づいてくる。

実里は一瞬だけ肩を揺らしたが、すぐに一歩前に出た。堂々とした態度は、つい先ほどまで少女を折檻《せっかん》していたことを覚らせない。背を向ける実里の表情は見えないが、きっと満面の笑みを浮かべているだろう。

だから、少女は察した。この男が、実里を花嫁として迎えようとしている者だ。花絲の街を治める領主の家柄、十織という家の当主。

どうしてか、男は実里を無視して、彼女の横を通り過ぎた。

（え？）

彼は靴《くつ》もないのに、ためらいなく庭に下り立った。そうして、倒れ込んだ少女の前で、長い足を折ったのだ。

雪で汚れることも厭《いと》わず、彼は地面に膝をついて、少女と視線を合わせた。

「ずっと。ずっと会いたかったんです、小さな機織さん」

少女は目を丸くした。五年前、室の暗がりから話しかけてきた男の子は、同じように少女のことを《小さな機織さん》と呼んだ。

「《お客さん》？」

思わず零《こぼ》すと、男は笑みを深めた。

「懐かしい呼び方ですね。あのときは名乗りもできず、申し訳ありません。終也《しゅうや》。十織終也と言います。ねえ、名前を教えてくださいますか？」

「わたし、名前なんて」

口ごもった少女を見て、終也は嬉しそうに頷《うなず》く。

「はい。名前は無いのでしょう？　だって、僕がいっとう素敵な名前をつけてあげる、と約束したのですから。やっぱり、君は街一番の機織になっていた。今も昔も、僕は君ほど一途《いちず》に織る人を知りません」

輝くような緑色の瞳に、戸惑う少女の姿が映っている。少女は夢を見ているのかと思った。五年前、たった一夜の幸福な夢の続きを見ている。

「お、お待ちください！　その娘は下女です、当家で雇っている」

見つめ合う少女と終也を遮《さえぎ》るように、実里が声を張りあげた。動揺《どうよう》を誤魔化《ごまか》して、捲《まく》し立てるように彼女は続ける。

「どうして、お客様の前に出ているの？　ダメでしょう？　大事なお客様なのよ、と教えたじゃない。申し訳ございません、領主様。お見苦しいところを。お早い到着でしたのね。どうぞ、こちらへ。父のもとへご案内します」

微笑《ほほえ》んでこそいるが、実里の手は怒りに震えていた。氷のように冷たいまなざしが、一瞬、責めるように少女を射貫《いぬ》く。

「いいえ。僕が、僕だけは間違うはずありません。この子が《織姫》でしょう？　街一番の機織さん」

「当家の機織は、私だけです！　だから、婚姻の話があった、と」

「たしかに、花嫁をいただけないか、とお願いしました。でも、あなたではありません。

僕は、最初から言っていました。街で一番の機織り上手《じょうず》を、僕の花嫁とする、と」

触れても良いですか、と終也は手を差し出してきた。頭上から、まるで糸を垂らすように近づけられた手を、恐ろしいとは思わなかった。

だから、少女は自ら、糸を摑《つか》むように手を伸ばした。

彼は微笑んで、少女の手をとった。節や皮膚《ひふ》が硬くなり、黒ずんでしまった少女の指に、愛《うつく》しむように口づけを贈る。

「迎えに来ました、僕の機織さん。僕と結婚してくださいますか？」

結婚。その意味も分からぬまま、少女は夢見るように頷いた。

二・

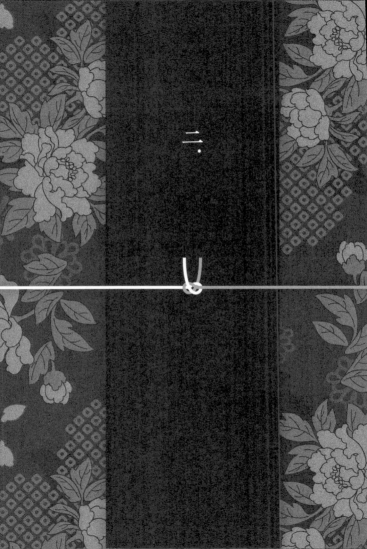

その身一つで、少女は連れ出された。

平屋に残された、いくつもの織り機のことが気がかりだったが、それを言い出すことはできなかった。長らく共に過ごした織り機たちは、かけがえのない半身だったが、少女の物ではなく、あの家の所有物なのだ。

自分の物ではないのだから、ともに連れてゆくことなどできない。

外に停められていた車に乗せられる。少女が戸惑いを覚える暇もなく、すぐさま車は動き出してしまう。

少女の隣には、十織終也《とおりしゅうや》と名乗った男が座っている。

話しかけて良いのか分からず、少女はきょろきょろと車窓《しゃそう》から外を眺めることしかできなかった。

大通りを走る車からは、行き交う人々の姿がよく見えた。大店《おおだな》に並ぶ衣は、どれも目を奪われるほど華やかで、買い付けに来ている客の笑顔がまぶしい。喧噪《けんそう》にまぎれて聞こえるのは、機織《はたお》りの音だろうか。

「街の様子が気になりますか？」

「……気になる、のかな。何も知らないから、ぜんぶ夢を見ているみたいで」

すべて遠い世界の出来事のようで、まるで現実味がなかった。

「花絲《はないと》は、織物の街です。帝都から見て西、鉄道でも使わない限り、行き来するには大変な距離がありますかね。かつては京《みやこ》と呼ばれた古い土地、そこにぴったり寄り添うようにしてつくられた街ですよ」

「京？」

「いまは帝都に移られましたが、ひと昔前まで帝《みかど》が住んでいた場所のことですよ。時代によって名前は様々なので、このあたりの人々は京とだけ呼びます」

街の説明をしてくれたことは分かるが、幽閉《ゆうへい》されていた少女からすれば、帝都や京と言われてもピンとこない。

少女は困ったように指先を擂《す》り合わせる。それを具合が悪いと勘違いしたのか、終也は心配そうに眉《まゆ》をひそめた。

「ご気分が悪いのですか？　揺れがきつい、と僕の妹は文句を言うのです。車、とても便利な乗り物だと思うのですけれど。外つ国《とつくに》かぶれだって、怒られてしまって」

「気分は大丈夫だけど。はじめて乗ったから良く分からなくて、ちょっとだけ怖い。外つ国から入ってきた乗り物なの？」

「はい。昔みたいに国を鎖《とざ》していませんから、いまは海の向こうにある国々から、いろんなものが入ってきていますよ」

「衣だけじゃないんだね」

外つ国から入ってきた衣ならば、いくつか見たことはある。少女の織った反物《たんもの》も、数こそ少ないが、そういった物に使われることがあった。

やがて、車は緩《ゆる》やかな坂道を登る。道が整備されているため、すぐには気づかなかったが、小高い山を登っているらしい。

街中に、ぽつり、と残された山は、花絲の人々を見守るように坐《ざ》している。

山の中腹ほどで、少女たちを乗せた車は停まった。車から降ろされると、終也の到着を待っていたかのように、幾人かの使用人が並んでいた。ごく当たり前の光景として、終也は迎えを受け入れている。

そこには立派な邸宅があった。

山中の森を一部切り拓いて、斜面を平らにすることで邸が建てられているのだ。

邸宅を囲っている塀《へい》の様子からして、少女が想像する以上に広大な邸なのだろう。二階建ての邸を主屋《おもや》として、敷地内には土蔵や離れなど、いくつもの建造物が建てられているようだ。

邸宅の裏側には、人の手が入っていない深い森が広がっていた。邸を守るように、長い年月を経た樹木たちがそびえている。あの森も含めて、もしかしたら山そのものを含めて、十織家の敷地なのかもしれない。

「ようこそ、十番目の神在《かみあ》る家、十織へ。縁を結び、縁を切る神の在る家に」

戸惑う少女の手を引いて、終也は幸せそうに微笑む。

邸宅のなかは、少女が閉じ込められていた平屋と大違いだった。

古い邸ではある。だが、単純に古いのではなく、ところどころに新しさがあった。精緻《せいち》な花々が描かれた襖《ふすま》や板戸には、過ぎ去った年月を感じさせるような趣《おもむき》がある。そうかと思えば、外つ国の仕様らしい上げ下げ式の窓がある部屋も見えた。

国を鎖していた時代も、外つ国の文化が入ってくるようになった時代も混じり合った内装は、邸が歩んできた歴史を物語る。

何十年、何百年と受け継がれてきた邸を、老朽《ろうきゅう》化に合わせて、あるいは時代の流れを汲《く》んで、繰り返し改修してきたことが見て取れた。恐ろしいほどの長い時間、ずっと大切にされてきた邸なのだ。

隅々まで趣向を凝《こ》らした邸では、薄汚れた襤褸《ぼろ》を纏《まと》った少女だけが異物だった。

畳《たたみ》敷きの部屋に通された途端、少女の膝から力が抜けてしまう。座り込んでしまった少女と視線を合わせるよう、終也は膝を折った。

「大丈夫ですか？　すみません。もっと穏便にするつもりだったのに、我慢できなくて。本当は、こんな急に話を進めるべきではない、と分かっていたのです。けれども、はやく君を連れ出したくて、あの家と縁を切らせたくて」

「……うん」

終也の勢いに圧倒されながらも、少女は何とか頷《うなず》く。一分一秒でも早く少女を連れ出したい、という気持ちは十二分に伝わっていた。

「君を連れ出すために、君を花嫁に迎えることが、いちばん確実な方法でした。君が十織家の人間になれば、君を守るための正当な理由ができます」

「花嫁。結婚？」

終也は、叔母《おば》ではなく、少女を迎え入れるつもりなのだ。

「ええ。結婚の意味は、分かりますか？　これから祝言《しゅうげん》を挙げるんですよ。急な話で申し訳ありませんが」

少女は目を瞬かせた。あまりにも性急な話に、少女の理解が追いついていないことを察したのか、終也は苦笑する。

「僕と君は夫婦になります。僕は約束どおり、君を迎えたいのです。だから、いっとう素敵な名前をつけてあげたい」

骨ばった大きな手、されど少女が知る誰よりも優しい手が、少女の左手をとった。細く長い指が、少女の掌《てのひら》に文字を書く。

「真緒《まお》」

まお、と少女は心の中で繰り返す。それが自分の名前だと確かめるように、魂の奥底まで織り込むように。

「これは、どんな意味？」

満足に読み書きできない少女でも、文字に意味があることは知っていた。終也は、もう一度、少女の掌で指を滑らせる。

「真は、正しく、ということ。緒は糸口のことだから、始まりですね。――五年前、暗がりで君に出逢《であ》った。あのとき、正しく僕の人生が始まりました。だから、真緒、と」

真緒。舌で転がした名前は、いっとう素敵なものだった。

「わたしなんかと出逢って、あなたの人生が始まったの？」

素敵な名前だからこそ、少女が受け取って良いものか分からなかった。名前に見合うだけの価値が、自分にあると思えなかった。

「君と出逢うことができなかったら、僕の人生は、きっと間違ったままでした。だから、どうか、わたしなんか、と言わないで。とても哀しい気持ちになってしまう」

「……？　分かった」

「分かっていないのでしょうね、きっと。でも、いつか分かってくれたら嬉しく思います。僕が大切にしたい君のことを、君自身が大切にしてくれる日が来ますように。真緒」

真緒。名を呼ばれると、瞼《まぶた》の裏に柔らかな光が過《よぎ》った。五年前、暗がりで美しい糸を見つけたときのようだった。

「終也様の」

「終也、と」

「でも、立場が上の人には、様をつけなさいって教わったの。わたしは、誰よりも一番、下にいるんだから」

あの家にいた人間は、皆が皆、そう命じた。お前は下の立場なのだから、自分たちに尽くしなさい、と。母親が果たせなかった機織としての役目を、御家《おいえ》を繁栄《はんえい》させる義務を果たしなさい、と。

終也は悲しそうに眉を下げて、首を横に振った。

「僕は、君の上ではなく隣にいます。君が一番下にいるのならば、僕も一番下にいるのです。そうしたら同じでしょう？　だから、終也、と呼んでほしいのです」

「終也？」

「はい。あなたの夫の名前ですよ、真緒」

「終也は、どんな意味？」

真緒の掌で指を滑らせながら、終也は教えてくれた。

「終は、糸の結び目――終わり、最後のこと。也は断定するもの。僕で終わり、そういう意味の名前です。生まれたときは違う字を使っていたのですが、僕を憐《あわ》れんで、父が今の字に変えました」

「素敵だね」

「素敵？」

「わたしが始まりで、終也が終わり。二人合わせて、最初から最後まで。欠けるものがない、完璧《かんぺき》ってことでしょう？」

糸口から糸の結び目まで、つまり糸巻きの始まりから終わりまで。

真緒はいつも美しいものを織るために糸を巻く。織物は糸から成るもの、糸に始まり、糸に終わるものだから、特別、好きな工程でもあった。糸とは、真緒にとっては欠けることのない完璧なもの、真緒の知るなかで最も美しく確かな真理なのだ。

「その発想は、ありませんでした。でも、そうですね。君が始まりで、僕が終わりならば。

欠けることなく完璧で満ち足りている。君がいれば、僕はずっと幸せなんでしょう。君も、いつかそう思ってくれたら嬉しいです」

終也は口元を綻《ほころ》ばせる。あまりにも優しい笑みだったので、しばらく目を離すことができなかった。

どうして、こんなにも優しく、真緒に笑いかけてくれるのだろう。

「御当主様。花嫁はお着きに？　そろそろお仕度《したく》に入らないと、祝言に間に合いませんもの。お話は、それくらいになさって」

障子戸《しょうじど》の向こうから女の声がする。終也が入室を許すと、数人の女中たちが現れる。おっとり微笑《ほほえ》みながらも、困ったように顔を見合わせていた。

「もう時間ですか」

「お客様が到着する前に、御当主様もお仕度なさってください。私どもが志津香《しづか》様に叱《しか》られてしまいますわ」

「ふふ。叱られるのは、あなた方ではなく僕でしょうね。真緒、後ほど」

終也は立ちあがって、部屋を出ていこうとする。真緒は思わず、彼の袖《そで》を摑《つか》んでしまった。行かないで、とは口にできなかったが、一人にしないでほしかった。

真緒の手を、彼は振り払わなかった。代わりに、安心させるように、頑《かたく》なになった真緒

ますね」

僕の、いちばん大事な方です。志津香にも伝えてありますが、どうか、よろしくお願いし

「花嫁衣裳の君は、きっと此《こ》の国でいちばん愛らしいでしょう。僕は果報者《かほうもの》ですね。――

の指先に触れた。

そう言って、終也は部屋を後にした。

残されたのは、真緒と女中たちだけだった。あらためて見ると、ずいぶん若い女中たちだ。真緒よりは年上だろうが、年嵩《としかさ》の者でも、おそらく十も離れていない。

終也が去った途端、彼女たちは笑顔を崩して、険しい雰囲気《ふんいき》を纏う。苛立《いらだ》たしそうに眉《まゆ》を吊り上げている者もいた。

「花嫁はお仕度を済ませてから、いらっしゃるものですよ。まさか、ご存じなかったのでしょうか？」

「え？」

「先代様と奥様の祝言は、それは素晴らしいものだったそうです。奥様が御召しになっていた衣も、飾りも、あれほど見事な嫁入り道具は見たことがない、それだけ皇女として寵《ちょう》愛《あい》を受けていた証《あかし》だった、と。古くから仕えている者は、皆、話しておりました」

女中たちは、言外に、身一つで十織家に来ている真緒を批難していた。素晴らしい嫁入

り道具もなく、美しい花嫁として送り出されたわけでもない。何も持たない真緒は、十織家にふさわしくない、と罵倒《ばとう》している。

「こんな襤褸《ぼろ》、はじめて見ました」

真緒の着ている襤褸をまるで引っ手繰《たく》るように摑むと、女中たちは脱がせはじめる。短く整えられた爪は、本来であれば肌を傷つけるものではないが、彼女たちはあえて爪を立てるように、真緒の肌に触れる。

「痛っ……！」

声をあげた真緒を見ても、鈴を転がしたように可憐《かれん》な声で笑うだけだ。

「汚い膚《はだ》ね、痣《あざ》だらけじゃない。嫌だわ、私だったら耐えられない」

「髪だって、ほら。こんな櫛《くし》も通したことのないような、みすぼらしい髪で恥ずかしくないのかしら」

「いっそ短くする？　切ったところで、今より悪くはならないでしょう」

ほとんど丸裸にされて、真緒は自分の身体《からだ》を隠すように抱きしめた。

「何をしていらっしゃるの？　早く着替えてくださいませ」

漆《うるし》塗りの衣桁《いこう》に、色糸や金銀糸をふんだんに用いた色打掛《いろうちかけ》があった。隣には、艶《つや》やかな光を放っている白小袖がある。

それらを指差すだけで、女中たちは衣裳を真緒に着つけようとはしない。

「祝言のために、御当主様が御用意された衣裳です。お仕度は、ご自身でなさってください。もともと十織の家にいらっしゃる前に、済ませておくことなのですから。私どもが手をお貸しするのは変ですもの」

「脱がせて差しあげたのは、私たちの厚意ですよ」

素晴らしい衣裳だった。白小袖も色打掛も、使われている糸や、織りだされている文様の繊細《せんさい》さを思うと眩暈《めまい》がする。

だが、一目で素晴らしいものと分かっても、真緒には着方が分からなかった。

朝から晩まで、織ることだけを求められていた。織りあげた反物《たんもの》から、様々な衣裳や帯等が仕立てられていることは知っていても、身に纏ったことはない。

(叔母様《おばさま》たちと、同じ目)

女中たちの目には、真緒への蔑《さげす》みがあった。くすり、と嘲《あざけ》るような笑い声が響く。だが、真緒は目を逸《そ》らさず、うつむくこともしなかった。

「どうやって着るのか分からないの。だから、教えて」

真緒という名は、糸口、始まりを意味する、と終也は教えてくれた。

いまの真緒は始まったばかりで、何も知らない赤子のようなものだ。分からないことは、これから分かっていくだけのことで、引け目を感じる必要はない。

「十織の花嫁が、このようなことも分からないのですか」

女中たちは呆《あき》れたように顔を見合わせる。

「御当主様は、いったい何を考えていらっしゃるのかしら？」

女中の一人が、真緒の肩を突き飛ばした。思わず尻餅《しりもち》をついた真緒を囲んで、彼女たちは苛立たしそうに眉間《みけん》にしわを寄せる。

「何をしているの？」

部屋の空気を切り裂くような声だった。勢いよく障子戸を開けたのは、釣り目勝ちの美女であった。

「志津香様」

女は碧《あお》色の振袖《ふりそで》姿だった。柄は金糸の扇《おうぎ》のみ、しかし寂しげな印象はない。身頃《みごろ》や袖で開いた扇は、ひとつとして同じ表情を見せず、どれもはっとするほど華やかなのだ。一見、刺繍《ししゅう》と見まがうほどの出来だが、すべて織りあげられたものだろう。

優れた機織が、膨大《ぼうだい》な手間をかけて織りあげた反物から、彼女の振袖は仕立てられている。振袖だけで、彼女の身分が、女中たちよりも上であることが分かった。

「この子が、兄様の連れてきた子？」

兄様。志津香と呼ばれた女は、終也の妹らしい。

「ええ。本当に、御当主様には困ったものです。たくさんの良縁を切ってまで、お選びになったのが、こんな娘なんて」

「衣を着ることすら、できないのですよ。幼子でもないのに」

「誰が呼び始めたのか知りませんけど、《織姫《おりひめ》》でしたか？　たいそうな名前で呼ばれていたわりに、この様子では。いくら美しい反物を織るといっても、ねえ」

「そもそも、本当に、この娘が《織姫》なんですか？　そんな腕の良い機織には見えませんけれど」

小鳥が囀《さえず》るように、女中たちは不満をつぶやく。志津香に語りかけているようで、その実、真緒に言い聞かせているのだ。

「そうね。十織の花嫁としては足りないのでしょう。――でも、それはお前たちに関係のあることかしら？」

冷え冷えとした声に、女中たちは一斉に押し黙った。

志津香は青ざめた女中たちに見向きもせず、座り込んだ真緒に手を差し出した。手を取って良いのか迷っているうちに、半ば無理やり腕を引かれ、立たされる。

「こんなみすぼらしい姿で、花嫁を突き出したら、兄様はお怒りになるわ。兄様から、くれぐれもよろしく、と頼まれた私の顔に、お前たちは泥を塗るつもりなのね」

「志津香様も！　志津香様も、嘆《なげ》かれていたでしょう？」

我慢できないとばかりに、いちばん年若い女中が零《こぼ》した。

「ええ。よりにもよって、何処《どこ》の馬の骨かも分からない普通の人間を、神無《かみなし》を連れてくるなんて頭が痛いわ。けれども、当主たる兄様が決めたことなら、私は従うだけよ。兄様が望むのならば、祝言《しゅうげん》にふさわしい花嫁に仕立てる義務がある。お前たちは下がりなさい、あとは私がするわ」

「志津香様！」

「二度は言わない、少し頭を冷やしなさい。何もお前たちの首を切ろうという話ではないのよ。十織に仕える者として、ふさわしい態度をとりなさい、と言っているの。いつもできるのだから、できるでしょう？」

女中たちは悔《くや》しそうに頭を下げると、足早に部屋を出ていった。

「悪かったわ、私の女中たちが無礼を働いたみたいで。きちんと叱っておくから、許してくださる？」

「……最初から、怒っていないから」

「そう？　お優しいのね」

褒《ほ》められているのではなく、呆れられているようだった。

真緒の痣や傷口に触れないよう、繊細な手つきで、志津香は衣裳を着つけてくれた。見事な白小袖や色打掛にばかり気を取られていたが、その下に身につけるものからして、驚くほど肌触りが良い。

あっという間に白小袖を着せられると、その上から色打掛を羽織《はお》らされる。

衣桁にかけられているときも美しかったが、実際に身に纏《まと》うと、また眩暈《めまい》がしそうになった。様々な色糸、金銀糸によって文様を織りだしている。いちばん目立つのは椿《つばき》の花だろうが、他にも四季折々の花々が咲き誇り、まさに百花繚乱《ひゃっかりょうらん》といった様子だった。

「ありがと」

「礼は要らないわ。仕えてくれる者の不始末の責任は、主人がとるものよ」

「今度、着方を教えてくれる？　織ることしかできないから、何も分からないの」

志津香は溜息をつく。だが、先ほどの女中たちと違って、真緒を馬鹿にするような雰囲気はなかった。

「今度ね。……兄様も、これほど急に事を運ばなくとも良かったでしょうに。花嫁修業でもさせて、ふさわしくなってから迎えれば良かったものを。それだけ焦っていたのかしら？　兄様のお考えは分からない」

「あの……」

「志津香様。お手を煩《わずら》わせて、申し訳ありません」

真緒の言葉を遮《さえぎ》るように、老いた女中が現れる。

「化粧《けしよう》は任せても？　あなたなら、余計なことはしないでしょう」

「あの者たちには、きつく言いつけておきます」

「結構よ。あなたに叱られたら、あの子たち、しばらく仕事にならないもの」

志津香は肩を竦《すく》めて、そのまま部屋を出ていった。

女中はニコリともしなかったが、真緒に敵意を向けることはなかった。彼女は、手入れされていない真緒の髪を、湯で拭《ぬぐ》っては、櫛と椿油で艶《つや》を出す。叔母に打たれた痣のうえに白粉《おしろい》をつけて、薄い唇に、す、と紅を引く。

「これ……わたし？」

鏡に映っているのは知らない少女だった。誰が見ても、襤褸《ぼろ》を着ていた少女と、今の姿は結びつかない。上等な衣に引き上げられたように、真緒自身も真っ当に見える。

ただ、血のように赤い瞳だけは、いやに浮いている気がした。

「お可愛《かわい》らしいですよ。奥様の輿入《こしい》れを思い出します」

女中は目元を押さえる。真緒の姿に、別の誰か——きっと、女中たちの会話に出てきた、終也の母のことだ――を重ねている。

豪華絢爛《ごうかけんらん》な嫁入り道具とともに輿入れした、真緒とは正反対の皇女様だ。

「隣に並んでも、変じゃない？」

結婚。あまりにも突然の出来事だった。きっと、真緒はその意味も分からぬまま、終也のところに来てしまった。

これから祝言を挙げる。当事者でありながら、まるで夢を見ているようだった。

「勿体《もったい》ないくらいですよ、御当主様には」

それでも、彼の隣に並ぶにふさわしい、醜《みにく》くない自分になりたかった。

◇◆◇◆◇

祝言の場は、邸宅の裏、深い森に面した部屋だった。

板張りの部屋は、重ねた年月こそ感じさせるものの、調度品《ちょうどひん》もなく、ただ広いばかりだ。

特筆すべきところがあるとすれば、大きな丸窓が造られていることか。

格子《こうし》のない丸窓は、壁にぽっかりと穴を空けるようにして、外へと繋がっていた。

古い森が見える。否《いな》、こちらから見ているというより、森の方から覗《のぞ》かれているようだった。

不思議な森だった。冬にもかかわらず、木々は葉を落とさず、鬱蒼《うつそう》と生い茂っている。森の奥深くから、ひゅるり、と風が吹く。その風は、不思議と木々を揺らすことなく、真っ直ぐに真緒たちのもとに届いた。風の吹きはじめる場所にある、恐ろしいほど澄んだ空気を運んでくるように。

招かれた客人たちは、異様な空気を感じとっているのか。あるいは、この場そのものに緊張しているのか。部屋の両端に一列となり、強《こわ》ばった表情をしていた。

(席が、ひとつ空いている?)

真緒と終也に最も近い席が、不自然なほどぽっかり空いている。祝言が始まろうとする今も、そこに座るべき人物が現れることはなかった。

——かたん、かたん、と何処か遠い場所から、機織の音がした。

耳慣れた音であるのに、まるで異界の音色のようだ。真緒の生きている場所ではなく、遠い、触れることのできない場所から聞こえる気がしたのだ。

まるで祝言の始まりを告げるように、機織の音は響き渡った。

「真緒。手を出してくださいますか?」

左手を差し出せば、小指に何かが巻き付けられた。真っ赤に染まった糸が、くるくると真緒の指に結ばれる。糸の先には、終也の指があった。

痛みはなかったが、結ばれた、と思った。自分と終也の間に、何か強い結びつきが生まれた。

次の瞬間、かたん、かたん、と機織の音が大きくなった。近くで誰かが織っているのではなく、やはり、何処か遠く、ここではない場所から聞こえるようだった。

「僕の、いっとう大事な方です。僕が十織の当主であるために必要な方です。どうか忘れないでいただけると、嬉しく思います」

終也の声には、周囲に有無を言わさぬ圧があった。

「……んなこと、わざわざ言わなくても分かっているって。誰も兄貴の決定に逆らったりしねえよ。なあ、志津香」

静寂を破ったのは若い男だ。周りの男たちと比べると、顔立ちには少年らしさが残っている。彼の隣には目じりの跳ねあがった、いかにも気の強そうな美女がいる。この場で唯一、真緒以外の女人だった。

(仕度《したく》を手伝ってくれた、終也の妹さま)

真緒に衣裳を着せてくれた女は、仕度のときと変わらず険しい顔をしている。

「綜志郎《そうしろう》。あなたの言うとおりでも、この場で口にすべきことではないでしょう。せめて、祝言が終わってからにしなさい」

「真面目《まじめ》だなあ、お姉様は」

「十織の祝言は、神事のひとつ。十番様《じゅうばんさま》の御前なのよ、ちゃんとしなさい」

「十番様の御前？　いまは森の奥深くだろ。こっちのこと覗き見くらいはしているかもしれねえけど」

綜志郎と呼ばれた男は、つまらなそうに真緒たちを見た。祝言の場で、はじめて客人と視線が合った。それもそのはずで、他の者たちは頑《かたく》なに真緒を見ない。否、真緒ではなく、終也と目を合わせないようにしている。

（怖がっている？　終也のことを）

祝言が終わるまで、彼らは終也を見なかった。そうして、祝言が終わると、逃げるように去ってしまった。

客人たちが去ってしまえば、終也と二人きりになる。

「お似合いです、とても。君の瞳は椿の色なので、やはり赤が映えますね」

終也はうっとりと目を細め、色打掛《いろうちかけ》に咲いた椿を指さした。

「血の色じゃなくて？」

「僕は春の生まれなのですが、ちょうど庭に遅咲きの椿が咲く頃なんです。庭一面が赤く染まって、とても綺麗《きれい》なんですよ。君の瞳と同じ色だから、綺麗なのでしょうね」

「そんなこと言われたの、はじめて。みんな気味が悪いって」

「こんなに美しいのに？　君の瞳は、どんな衣だって似合いますよ」

「本当？　こんな綺麗なの、はじめてだったから」

眩暈《めまい》がするほど美しい色打掛は、織りあげた人間の技量を思わせる。素晴らしい機織が、膨大《ぼうだい》な手間をかけながら織りあげたことが分かるのだ。

「先代、僕の父親が織った反物《たんもの》から仕立てました。君の織ったものを使いたかったのですが、祝言は神事のひとつですから、十織の糸から織る必要がありまして」

「十織の糸？　御家《おいえ》に、特別な糸があるの？」

「ええ。うちは神様の在《あ》る家ですから」

神様。この家には本当に神様がいるのか。

「兄様。お話の邪魔をして、申し訳ないけれども。お客人は、お帰りになったわ。お見送りは、私たちだけで良かったのかしら？」

「僕が見送ったら、かえって委縮《いしゅく》させてしまうでしょう。君が礼を尽くしてくれたのならば、それ以上は過ぎたことです。……真緒、こちらは妹の志津香です。隣にいる綜志郎と合わせて、双子の姉弟ですね」

勝ち気な美女の隣に、だらしなく肩から羽織《はおり》をかけた男がいた。祝言の最中に無駄口を叩いた男は、祝言が終わった途端、さっそく着崩している。

客人の見送りから戻ってきた姉弟は、双子にしては顔が似ていなかった。

「おめでとうございます、で合っているの？　母様のご機嫌を損《そこ》ねたみたいだけれど。今日だって祝言にいらっしゃらなかった」

「お席は用意したのですが、皇女様はお気に召さなかったのかもしれませんね」

「皇女といっても、元、でしょう？　母様は、もう十織の人間なのに。当主の祝言に顔を出さないなんて。お怒りなのよ、兄様が勝手に結婚したことに」

「結婚したことに怒っているわけではありませんよ。あの人は、僕のことがお嫌いなので、僕のすべてが気に食わないのでしょう」

「そうそう、母様は、いつもどおり兄貴に会いたくなかったんだろ。つうか、誰もあんたの結婚には反対しねえけど、そもそも、その女で大丈夫なわけ？　徒人《ただびと》の女には、十織家の花嫁は荷が重いんじゃねえの？　五年も悩んだ末に連れてきたのが、それかよ」

「本当に。兄様なら、もっとふさわしい花嫁を選べたはずでしょう？」

「僕のような醜《みにく》い男に嫁《とつ》いでくださるのは、この子だけですよ。ねえ、真緒」

醜い。そう思ったことはなかったので、真緒は返事に困った。迷った末、返事の代わりに、終也の手を取って口づけた。

彼が迎えに来てくれたときのことを、真似《まね》するように。

「……真緒」

「ダメだった？」

「ダメじゃ、ないですけれど」

「仲睦《なかむつ》まじくて結構だけど、人のいないところでやってくださる？　――兄様の決定には逆らわないけれど、一族は歓迎しない。私も綜志郎も、母様だって、この子を認めることはないでしょう。それでも、この子が良いの？」

「真緒でないのならば、僕は一生、誰とも添い遂げません」

「志津香、もう止めとけ。俺たちが何もしなくても、どうせダメになる。上手《うま》くいくはずがない。……兄貴、あんたは結婚なんて止めるべきだったよ。誰も幸せになれない。忘れたのか？　父様は言ったはずだ。あんたで終わりにする、って」

「僕の子が、僕のように醜い化け物になる、と言いたいのですね」

「終也は醜くなんかない。とっても綺麗」

真緒の言葉に、双子は顔を見合わせる。

「そう。兄様は、自分を認めてくれる相手を、隣に置きたかっただけなのね。誰でも良かったのでしょう？　あなたを醜いと言わないのならば」

「でも、本当に？　本当の兄貴を知って、あんたを醜いと思わない人はいるのか？　母様なら、きっと、こう言うだろうよ。──誰も、お前を愛さない、と」

そっくりの仕草で肩を竦《すく》めた双子は、くるり、と背を向ける。

「待って！　認めないって言うけれど。どうしたら、終也の隣にいても良いって、認めてくれるの？」

真緒はとっさに、志津香の振袖《ふりそで》を掴《つか》んだ。

「おい。志津香を放せよ」

綜志郎は、真緒の手を叩き落とそうとする。だが、真緒は首を横に振って、志津香の振袖を放さなかった。志津香は溜息とともに口を開く。

「あなた、たしか《織姫》なんて、たいそうな呼び名を持っているのよね。あなたの織ったものを見て、誰かが《織姫》なんて呼び始めた。街一番の機織、と。街一番なら、それは十織家にとっても一番の機織ということね」

「志津香！　律儀《りちぎ》に答えてやる必要ないだろ。もう行くぞ」

「あなたが織ったものこそ、十番様に納めるものとして、ふさわしいのかしら。次の神事で使う予定なのに、まだ十番様に納める反物が織りあがっていないの。父様が亡くなってから、初めての神事なのに」

「神様に納める反物を織ったら、認めてくれるってこと？」

「織るのは志津香だろ、こんな奴に織らせる必要なんてない！」

綜志郎が声を荒らげる。

「ええ。十織家の娘として、私が織るべきものよ。けれども、あなたが街一番の機織なら
ば、私よりも美しい、神様に納めるにふさわしいものを織りあげるのかしら？」

「わたしが、街一番の機織かどうかなんて分からないけれど。織ることで認めてもらえる
なら、わたしは織るだけ」

「余所者《よそもの》だったあなたに、織ることができるのかしら？　行くわよ、綜志郎」

「俺はさっきから、行くって言ってんだろ！」

双子は言い合いながら、邸宅の奥へ消えていった。

「志津香の言ったことは、気にしなくて良いのですよ。君は僕が選んだ人です。あの子た
ちが認めなくとも」

「でも。わたしのことで、終也が怒られるのは嫌だから」

志津香の反発は、終也ではなく真緒に向けられたものだ。兄が、真緒のような人間を連
れてきたことに怒っている。

「君は、いつも人のことばかりですね。だから、心配になるのです。強引に連れてきた僕のことも、怒らないで許してしまうのですから」

真緒は首を傾《かし》げる。たしかに強引だった。あっという間に何もかもが変わって、今朝、工房の床で目を覚ましたことが嘘のようだ。

「迎えに来てくれて、嬉しかったの」

五年前、優しい夢を見せてくれた男の子が、真緒を迎えに来てくれた。約束どおり、いっとう素敵な名前をつけてくれた。

「その身一つで、連れてきた男ですよ？　まるで攫《さら》うように」

「身一つでも仕方ないの。あそこに、わたしの物はなかったから。でもね、……わたしの物じゃなかったけれど、織り機のことは気になっているの」

「君は根っからの機織ですからね。お疲れでしょうが、見せたい物があるんです」

終也は困ったように眉《まゆ》を下げた。

◇◆◇◆◇

終也が案内してくれたのは、主屋《おもや》の奥にある部屋だった。

「織り機、持ってきてくれたの？」

　工房に置いてあった複数の織り機が、そのまま運び出されていた。真緒の物ではなかったが、ずっと真緒と共に在《あ》った子たちだった。

「急ぎ運ばせたんです。ずっと君に寄り添ってくれた、大事なものですからね」

「嬉しい」

　真緒は、織っていない自分を想像できない。たとえ、幽閉《ゆうへい》されていなくとも、機織になっていた自信があった。好きや嫌いの感情は分からないが、自分は織ることでしか息のできない生き物なのだ。

　そのことに、終也が理解を示してくれたことが嬉しかった。

「喜んでいただけて良かった。でも、今日はお休みですよ」

「お休みなの？」

「明日からは、ここを工房にして、織りたいだけ織って構いませんよ。でも、今日はお休みです。ほら、そんな眠たそうにして」

　ふらつく真緒を抱きあげて、終也は笑う。嘲《あざけ》りや苦笑ではなく、愛《いと》しいものに向けるような、そんな柔らかな笑みだった。

「あったかい」

誰かに抱きあげられたのは、小さい頃、母にされたとき以来だった。幼い日の記憶なので、もしかしたら真緒の妄想かもしれないが、腕の感触を覚えている。

織り機の置かれた部屋は、障子戸《しょうじど》を開くと隣室に繋《つな》がっていた。鏡台や箪笥《たんす》などが置かれた畳《たたみ》敷きの部屋で、綿のたっぷり詰まった布団が敷かれている。

「おやすみなさい」

真緒を布団に寝かせると、終也は何処《どこ》かに行こうとする。真緒は思わず、終也の袖を摑んだ。

「終也は寝ないの？」

「別室で休みますよ」

「どうして？　ここ、こんなに広いのに」

今日までずっと、工房の隅で眠っていたのだ。こんなにも柔らかな布団も、綺麗《きれい》に整えられた部屋も、真緒だけで使うのは贅沢《ぜいたく》だろう。

「そうですね。でも、君の気持ちが追いつくまで、僕たちは本当の夫婦にはなれません。君は僕と同じ意味で、僕のことを好いてくれているわけではない。どれだけ、僕が君を好きなのか、君は理解できないでしょうから」

「わたしの気持ち？」

「いつか、僕が君を想うのと同じくらい、僕のことを好きになってください。そんな風に祈っているんですよ、僕の機織さん」

機織さん。五年前に出逢《であ》った夜も、終也はそう呼んでいた。だから、真緒は思う。終也が本当に必要としているのは、花嫁ではなく機織なのだろう。

「なら、わたし、いっぱい織るね」

終也が微笑《ほほえ》んだので、真緒の想像は当たっているはずだ。機織であったから、真緒は迎えに来てもらえたのだ。

(わたしは醜い。でも、わたしの織るものは美しいんだって、叔母様《おばさま》たちは言っていた。だから、きっと終也の力になれるよね)

いっとう素敵な名前をつけてくれた終也のために、美しいものを織りたい。織ることしかできないが、織ることで、彼の助けになりたかった。

「志津香様が言っていた、神様に納める反物《たんもの》も織ってみせるね。どんなもの？」

終也は困ったように視線を彷徨《さまよ》わせた。本当は説明したくない、と顔に書いてあったものの、彼は諦めたように話し始める。

「神事で使うものです。真緒は、十織の家について、何処まで知っていますか？」

ずっと幽閉されていたので、ほとんど何も知らない。強《し》いて言うのならば、叔母が楽しそうに語っていたことくらいだろうか。

「叔母様は、神様の血筋、神様のいる家だって言っていたよ」

「ええ。はるか昔、国生みのとき一番から百番までの神様が生まれました。その十番目の神様を、十織は所有しているのです」

「この家は、神様を持っているの？」

「そうですよ。だから、神在《かみあり》と呼ばれます。寝物語に教えましょう、神様のことを」

真緒の髪を優しく撫《な》でながら、終也は語り始める。


神在とは、神の在《あ》る一族のこと。

はるか昔、国生みのとき、一番から百番までの神が産声《うぶごえ》をあげたという。その一柱、一柱を始祖《しそ》とし、いまだ所有している一族を、此《こ》の国では神在と呼ぶ。

神の血を継いで、神の力を揮《ふる》っているがために、特権階級として遇される。各地に散らばり、家によっては領地を持ち、その地において中央よりも強い権力を握っている。

十織は、そんな神在のひとつである。

「神様を所有することは、すなわち神様の血を継ぐ、ということ。神在とは、ただそこに在るだけだった神を、その血脈に取り込み、所有するに至った一族なんですよ」

あれほど叔母が喜ぶのも無理はなかった。祖父母とて、叔母の嫁《とつ》ぎ先として、これ以上ないものと考えたはずだ。神無き人々からしてみれば、神在る家は特別なものであり、生まれながらにして選ばれた者たちだ。

叔母が嫁ぐだけで、あの家は安泰だったのだ。花絲の街に根付いた領主の家が、神を有する特別な一族が後ろ盾となるのだから。

「十織の神様は、どんな神様？」

十番目の神とは何であるのか。花絲の街にとっても特別な存在だろうに、真緒は神を意識したことはない。閉じ込められていた平屋では、神様は不要なものだった。

「縁を結び、縁を切る――縁の糸を司《つかさど》る神様。夜に融《と》け込むような、真っ黒な大蜘蛛《おおぐも》の姿をしているそうです」

「縁？」

「繋がり、巡り合わせと言えば、分かりやすいでしょうか？　運命や宿命と言い換えても良いかもしれませんね。……詳しいことは、また明日にでも教えてあげます。今日はもう休んでください」

「でも、志津香様の言っていた反物は、神様に納めるものだから」

神に納めるにふさわしい反物。それを織ることができたら、志津香は真緒のことを、十織の花嫁として認めてくれる。

反物を織るために、真緒は十織家のことを知らなくてはならない。

「明日は、花絲の街に出るつもりなんです」

「いってらっしゃい」

「君も一緒ですよ。十織の所有している神様――十番様のことを知るには、街を歩くのが、いちばん分かりやすい。お出かけしましょう」

「お出かけ？」

繰り返せば、もうおやすみですよ、と窘《たしな》められる。しかし、真緒は生まれてはじめて、目を瞑《つむ》ることが恐ろしかった。

「目が覚めても、傍にいてくれる？　眠ったら、ぜんぶ夢だったりしないかな」

朝、目を覚ましたら、工房の床にいるかもしれない。真緒を迎えに来てくれた人も、名前をつけてくれた人もおらず、叔母の代わりに織る日々が続いている。

あまりにも幸福だから、すべて夢なのかもしれない。

「夢になんてしません。夢だったとしても、君が死ぬまで、ずっと良い夢を見せてあげます。だから、何も心配しないで」

終也はそう言って、真緒のまなじりに口づけた。

「おまじないです。君が死ぬまで、良い夢を見られますように」

「死ぬまで。ずっと、これからの人生も？」

「ええ。それでも怖いのなら。今日だけは特別に、朝まで傍にいましょう」

終也は微笑むと、今度は真緒の額に口づけた。あたたかくて、柔らかな感触を最後に、真緒は眠りにつく。

きっと目が覚めても、優しい人は傍にいてくれるだろう。

◇◆◇◆◇

十織家が治める街は、花絲《はないと》と名づけられている。

京《みやこ》の傍には、花のように美しく、まるで匂《にお》いたつような反物を織る街がある。花絲で織られたものを、そう賞《しよう》したのは、何代前の帝であったか。この地は古くから織物の街として知られ、今もなお変わらない。

「具合は、もう大丈夫ですか？」

終也が心配そうにつぶやく。

「大丈夫。元気だよ、もう」

祝言《しゅうげん》の翌日から、真緒はしばらく体調を崩していた。たった一日のうちに環境が変わり、張りつめていた緊張の糸が切れたのだ。当主としても領主としても忙しいだろうに、終也は何度も様子を見に来てくれて、申し訳ないくらいだった。

「無理はしないでくださいね。今日は街を歩くので、また疲れるでしょうから」

「疲れないように頑張る。あのね、終也の恰好《かっこう》、とっても素敵だった」

今日の終也は、羽織《はおり》姿に山高帽《やまたかぼう》を被《かぶ》っている。羽織の下は着流しではなく、外つ国《とつくに》から入ってきた詰襟《つめえり》のシャツに袴《はかま》を合わせているので、此の国と外つ国が混ざりあったような恰好だ。惜しむらくは、防寒のため真っ黒な外套《がいとう》を着ていることだ。背が高く、手足の長い終也に良く似合っていたが、邸《やしき》の外に出た途端、素敵な衣裳は隠れてしまった。

「僕のことは、どうでも良いのですよ。着飾ったところで、もとが醜《みにく》いので」

真緒は返答に困って、大きな瞳を揺らす。

終也の容姿は、醜いという言葉と結びつかない。夜を融かした黒髪に、宝石を嵌《は》めたような双眸《そうぼう》。すっと通った鼻筋に薄い唇、新雪のごとき白い膚《はだ》。見ているだけで破滅してしまいそうな、胸がざわめくような色香があった。

人間離れした美貌《びぼう》なのだ。神様が人間の形をとったら、彼のような姿になるのではないか、と思わせる男は、誰が見ても絶世の美男子だ。

そうであるのに、終也本人は、心から自分のことを醜いと思っているらしい。

「真緒こそ、今日の恰好、とってもお似合いですよ。愛らしいです」

「可愛《かわい》いよね。志津香様が着せてくれたの」

今朝がた、真緒のもとに現れた志津香は、終也の用意した衣裳を着せてくれた。完璧《かんぺき》に着付けてくれたうえ、どのようにして着るのかまで教えてくれたのだ。

ただ、頑《かたく》なに真緒と視線を合わせなかったので、真緒のことを十織の花嫁として認めたわけではないのだろう。

「僕が頼んだからですね。女中に任せると思ったのですが、本人が来たとは」

「祝言のときも着せてくれたから、たぶん、その流れだと思う」

真緒は言葉を濁《にご》した。祝言の日、女中が真緒に意地悪をしたので、最初から志津香が来てくれたのだろう。女中の件は、志津香が謝罪の代わりに手打ちにしてくれ、と言った以上、終也に教えることはできないが。

「あのね。とっても動きやすくて、びっくりしたの」

真緒はくるり、と着せてもらった衣裳で、一回転して見せる。

赤と白で文様を織り出した小袖《こそで》に、海老茶《えびちゃ》の行灯袴《あんどんばかま》、足元には編みあげのブーツ。歩き慣れていない真緒を慮《おもんぱか》ってか、杖《つえ》替わりの日傘まで用意された。

「帝都にいた頃、女学校の生徒たちが、このような恰好をしていました。裾《すそ》がはだけないので、真緒には歩きやすいかと思ったんです」

「ありがと。あのね、この小袖みたいなの織ったことあるよ」

寒いから、と被せられたケープで半分ほど隠れているが、今日の小袖にある文様には馴《な》染《じ》みがあった。あらかじめ染め分けられた糸を経糸にして織りあげるものだ。この小袖ならば、赤と白に染め分ける――白をあえて残すように染めた糸も使っている。

「矢絣《やがすり》ですね」

「矢？」

「矢そのものではなく、矢羽根を織り出したものです。邪気祓《じゃきばら》いを生業《なりわい》とする神在の一族がいまして、彼らが弓矢を扱うことから、破魔《はま》の文様として人気なんですよ。それに、矢は一度放ったら戻らないでしょう？　だから、帝都の女学生の間でも流行《はや》ったんだと思います」

「戻らないのが良いことなの？」

「出戻らない、という意味です。花絲の街でも、いっとき、かなりの量が出荷されましたよ。嫁ぎ先で幸せになり、生家に戻りませんように、といった願いでしょうか」

「ちゃんと意味があるんだね。わたし知らなかったの。知っていたら、もっと素敵なものを、もっと美しいものを織ることができたよね」

終也は、一途《いちず》に織る、と褒《ほ》めてくれたが、真緒には機織として当たり前の知識がない。この文様を織るための技術はあっても、矢羽根の文様であることも、込められた意味も知らなかった。

「何も恥じることはありません。知らないことは、これから知っていけば良いのですよ。君はまだ、始まったばかりなのですから」

「始まったばかり？」

君が真緒になったのは、この前のことでしょう？　と終也は言う。彼の言うとおりで、名無しの娘が真緒と名づけられたのは、つい先日のことだった。

「始まったばかりなら、全部はじめてのことです。それが当たり前でしょう？　はじめては悪いことではありませんよ。これから様々なことを知って、君の世界は広がるんです。とても嬉しいことだと思いませんか？」

「……うん。嬉しいことなのかも」

「それにね、何も知らなくても、君が素晴らしい機織さんであることは間違いありません。機織のできない僕の言葉は、君には響かないかもしれませんが」

「できないの？」

「できませんよ。十織に生まれた者は、みんな織ることができるのに。でも、機織のできない僕でも、君に教えてあげられることはあります。文様のことだけでなく、この街のことも。――お手を取っても？　可愛いお嬢さん。僕と出かけてくださいますか？」

真緒と視線を合わせるように、終也は膝を折る。

差し出された手に、恐怖を感じることはなかった。叔母《おば》たちと違って、この手は真緒を打《ぶ》たない。真緒を新しい場所に連れていってくれる手だ。

「うん。終也の街を教えてくれる？」

ふたり並んで歩く花絲の街。人の波、音の多さに圧倒されながらも、真緒は自分の足で歩く。地面を踏みしめるほど、たくさんの人々の熱気が、街の活気が入り込んでくるようだった。

機織の街にふさわしく、街の至るところで、かたん、かたん、と機織の音がする。大通りに面した店には煌《きら》びやかな反物《たんもの》や衣が並び、買い付けに来ている者たちのなかには、明らかな旅装の人間もいた。

（椿《つばき》だ）

ふと、店に並んだ簪《かんざし》が目に入る。つまみ細工で、椿の花があしらわれた簪だった。

「こちら、いただけますか?」

「終也!?」

真緒の視線に気づいたのか、終也が簪を買っていた。戸惑う真緒の髪に、素早く簪が挿《さ》される。

「君の瞳とそっくりの綺麗《きれい》な赤でしたね。君の目は、椿の色だから」

椿の色。血のような赤ではなく、そんな美しい花の色に、真緒の瞳をたとえてくれるのは、終也がはじめてだった。

「ありがと。大事にするね」

「どういたしまして。もうすぐ十番様を祀《まつ》っている神社ですよ」

やがて、朱塗りの鳥居が見えてくる。石畳《いしだたみ》の敷かれた参道は、どこもかしこも参拝客で賑《にぎ》わっており、恰好を見るに遠方からの人間もいるようだった。境内《けいだい》にある社殿では、人々が長い列を成している。

「十番様が、ここにいらっしゃるの?」

「いいえ。さすがに、ここは人の出入りがありますし、十番様には手狭なので。あくまで、参拝のための場ですよ。十番様のご利益《りやく》にあやかりたい者たちが集まる」

「ご利益。素敵なこと?」

「ふふ、そうですね。素敵なこと。十番様は縁を司《つかさど》る神様です。縁を結び、縁を切る。十番様のおわす街だから、花絲で織られたものは、良縁を引き寄せ、悪縁を切る、なんて言われます。——もちろん、十織家の人間以外《いがい》が、ただの糸で織った物には、そのような効果はありませんけれど」

「特別な糸で織れば、違うってこと？」

ただの糸、とあえて言った理由は、他に特別な糸があるからだろう。

「十番様の糸で織ったものには、十番様の力が宿ります。縁を結ぶだけではなく、縁を切る力も。だから、五年に一度、十番様から糸を賜《たまわ》るのですよ。反物を納める代わりに、新しい糸を賜ります」

「そっか。反物が織りあがっていないって、志津香様が話していたのは、糸を貰うための神事なんだね」

糸賜《しし》の儀。十織家では、そう呼ばれる神事だという。

「遠い昔、神様のもとに通った機織と、機織のために糸を紡《つむ》いだ神様がいました。機織と神様は、やがて恋に落ちて、子を生《な》した。それが十織の始まり。僕たちは機織の末裔《まつえい》だから、十番様に織りあげたものを納めるのです。十番様が恋した機織の血が、今も途絶えていないことをお教えするために」

終也は何処《どこ》か遠くを見るかのように、緑色の目を細めた。彼の瞳が宝石のように美しいのは、神様の末裔だからなのかもしれない、と思った。

「本当に、終也には神様の血が流れているんだね」

「ええ。僕たち神在は、国生みのときに生まれ、ただそこに在るだけだった神を、自らの血脈に取り組むことで所有したのですから。神在のことを、神を所有すると書いて神有と呼ぶ人間もいるのですよ。それも間違いではありません」

終也は痛ましそうな顔で、話を続けた。

「だから、僕は思うのです。神様のもとに通った機織は、生贄《いけにえ》や供物《くもつ》だったのではないか、と。御家《おいえ》に神様の血を取り込むために、仕方なく、神様と結ばれたのですよ」

恋をしたのではなく、神に捧げられた犠牲者《ぎせいしゃ》なのだ、と終也は言う。

「どうして、そんな風に思うの？」

「だって、悍《おぞ》ましい、と思いませんか？　尊《とうと》ぶべき神だとしても、十番様の御姿は、人間からしてみれば恐ろしい大蜘蛛《おおぐも》です。そんなものに恋をして、愛して、子を生すことはできるのでしょうか？　十番様とて、人間のような弱い生き物を愛しますか？」

「機織の気持ちは分からない。終也の言うとおり、本当は嫌なのに、神様と子どもを作ったのかもしれないけれど。……でも、神様は、ちゃんと機織を愛していたんじゃないかな。

そうじゃなきゃ、糸を授けたりしないよ。今も終也たちに糸を授けているのも、神様が、機織を愛していたからだと思う」

「僕たちが、神様に愛されている、と。そう思いますか？」

「だって、神様は今も、終也たちの家に在るんだもの」

「でも。神様の愛情は、人間にとって幸福なものとは限りません。神様は、人の営《いとな》みの外側にあるものだから」

終也は泣いているような、笑っているような、不思議な表情をしていた。小さな子どものような顔だったから、真緒は安心させるように笑う。

「そうかな？　愛してくれたなら、外側にあるんじゃなくて、一緒に手を取りあって生きているんだと思う。終也が、わたしと一緒にいてくれるみたいに。わたし、頑張るね。神様が糸を授けてくれるようなものを織ってみせる。……織ることができたら、志津香様は、怖い顔をして、終也のことを怒らないでしょ？」

「僕のことは良いのですよ。君はいつも他人のことばかりで、心配になります」

終也は困ったように、溜息をひとつ零《こぼ》した。

神社を出た後も、終也はあちらこちらを案内してくれた。決して真緒を急《せ》かしたりはせず、ゆっくりとした歩みに合わせてくれることが嬉しかった。

「疲れましたか？」

「大丈夫。はじめて見るものばかりで、なんだか不思議。わたしのいた街は、こんな街だったんだ、って思ったの。本当に織物の街なんだね」

花絲は織物の街。そう教えられても、幽閉《ゆうへい》されていた頃は実感がなかった。織物の街であることを知っていても、別世界の話を聞いているようだったのだ。

「織物の街ですよ、だから君の存在がうわさになった。ここ数年でしょうか、君の織ったものが評判になったのは。誰かが言い始めたのです。花絲には類《たぐい》まれなる機織が、《織姫》がいる、と」

織姫。いつの頃からか、叔母たちはその名を口にするようになった。ただ、幽閉されていた真緒には、その呼び名が名誉なのかさえ分からなかった。

あのとき、《織姫》という呼び名は、真緒ではなく叔母のものだった。

真緒の織ったものは、すべて叔母の織ったものとして世に出されていた。彼女の代わりに織っていた真緒は、名前を持たず、何一つ自分のものにはできなかった。

「あのね、終也。……叔母様たちは」

真緒は、十織に迎えられた後、叔母や祖父母がどうなったのか知らない。

——あたしの機織さん。

まるで毒のように、叔母の声が頭に響くときがあった。彼女の声を思い出すと、いつも寒くて凍えるような気持ちになる。

思えば、いま真緒が着ている小袖《こそで》も、叔母のことを連想させる。終也が迎えに来てくれた日、叔母は矢絣の小袖姿だった。出戻らないように、幸せな結婚になりますように、という願いを込めていたのだろうか。

終也のもとに嫁《とつ》ぐことはできず、代わりに機織をさせていた真緒もいなくなった。叔母は、真緒を閉じ込めていた人々は、どのように過ごしているのか。

「もう、君とは縁のない方々ですよ。十番様は、縁を司《つかさど》る神様です。縁結びと縁切り。結ぶことができるのならば、切ることもできる神様。あの人たちと君の間にあった縁も切ってくれたはずです。君はもう十織の人間なのだから」

「……うん」

十織の人間と言われても、真緒には自信がなかった。真緒は織ることしかできないから、織ることで認められなければ、十織の人間になれないと思った。

「君は優しいから、情があるのかもしれませんね。でも、僕は嫌ですよ。君の心の一かけらだって、あの人たちに向けてほしくない。僕は我儘《わがまま》なんです、欲しいものを我慢できない。――お願いです。僕のために、あの家の人たちには、もう情を向けないで」

優しすぎる言葉だ。終也は、真緒が叔母たちに抱いている複雑な感情を察している。真緒のなかで、その感情が消化しきれていないことも分かっている。だから、真緒の気持ちを楽にさせるために、自分が悪者になろうとする。

「……十番様が、縁を結んだり、切ったりできるなら。わたしと終也の縁を結んでくれたのも、十番様なのかな」

「どうでしょうね。もしかしたら、最初から、僕と君には縁があったのかもしれません。その人には、その人の縁がある。ふつうに暮らしていたら死ぬまで切れることのない、その人の行く末に絡みついた糸があるものです」

その糸と糸が、二人の間では繋《つな》がっていたのかもしれない、と終也は言う。

「どっちでも良いよ。いま、終也がいてくれるなら」

「僕も君がいてくれるのなら、それだけで。ねえ、春になったら、今度は帝都にまで行ってみますか？　花絲の街とは趣《おもむき》が違いますから、きっと楽しいと思いますよ。春の帝都は桜の盛りで、それは美しいんです」

「帝都は、ええと」

筋なのです」


「帝がいらっしゃるところ、です」

「いちばん偉い人？」

「ふふ、簡単に言えば。此の国にとって、なくてはならない御方です。国生みのとき、一番から百番までの神が生まれたのは、帝の血筋によるものです。此の国の根幹を支える血筋なのです」

此の国に生きる人々は、まるで魂に刻み込まれているかのように、そのことを感じ取っている。此の国が続くためには、帝の血が必要であると分かっている、と終也は言う。

「でも。終也は違うんだね」

終也の口ぶりは、完全に他人事《ひとごと》だった。

「今上帝《きんじようてい》は、僕たち神在のことがお嫌いなので、対応の難しい相手なんですよ。いまの十織は、帝とも強い縁がありますので、なおのこと。僕の母親は帝の娘ですから」

「終也のお母様。祝言《しゆうげん》のとき、いなかった人だよね。わたしが嫌だったのかな」

志津香たちの言動から、十織の人間が真緒を歓迎していないことは明らかだ。皇女だったという母親もまた、真緒のことを認めていない。

「母が嫌だったのは、君ではなく僕の方ですよ。僕が嫌われているから、祝言にも来てくださらなかったんです」

「なんで？　終也のこと嫌いになる理由が分からない」

きっと、誰もが、この人を好きになってしまう。

終也が困ったように、あちらこちらに視線を遣《や》っているときだった。大通りに面した宿から、大柄な男が出てくる。

「終也か？　奇遇だな」

終也と同じくらい背の高い男だった。ただ、すらりとした終也と違って、かなり体格が良く、厚みのある身体《からだ》をしていた。

「奇遇なのは、こちらの台詞《せりふ》では？　ここは僕の街なのですから」

知り合いだったらしく、終也は苦笑いした。

「お前が外に出ているのが珍しい。帝都にいた頃の引き籠《こ》もりはなおったのか？　あまりにも外に出ないから、お前の背中にはカビが生えている、と、うわさになっていた」

「誰ですか、そのような悪趣味なことを言ったのは。……真緒。驚かせて、すみません。六久野恭司《むくのきょうじ》。帝都にいた頃の学友です」

終也のささやきに、真緒は首を傾《かし》げる。

「終也は、帝都にいたの？」

「ええ。僕は、ずっと帝都で暮らしていて、帝都の学舎《まなびや》に通っていたので。十五のとき、父が亡くなったことで花絲に呼び戻されたんですよ。人生の半分くらいは、帝都で過ごしていました」

「嫁を取ったと聞いたが。やはり本当だったか」

「つい先日のことなのですが、あいかわらず耳が早いですね」

「神在の婚姻くらい、知っていて当然だろう。お前が奇妙なことを言いふらしていたのも知っていたぞ。──街一番の機織り上手《じょうず》を嫁にする、だったか？　嫁取りが嫌で駄々を捏《こ》ねているだけと思ったんだが。ああ言えば、いくらでも逃げられるからな」

どうやって街一番の機織り上手を証明する？　終也の心ひとつで、いくらでも逃げられる、と恭司は肩を竦《すく》めた。

「そこまで性格が悪くはありませんよ。あなた、いつも帝都にいらっしゃるのに、どうして花絲に？　いよいよ宮中から逃げてきましたか」

「俺が、帝から逃げられると思うか？　この街には仕事で来た」

「仕事には見えませんが。仕事なら、もう少しちゃんとした恰好《かっこう》でしょう？　いくら、あなたであっても」

恭司は、ずいぶんくたびれたコートを着ていた。どのような仕事か知らないが、終也からしてみれば、ふさわしくない恰好のようだ。

「今日に限っては、仕事ではなく観光だからな。しばらく帝都には帰れないが、土産話《みやげばなし》のひとつくらい見繕《みつくろ》っておかなくては。朝も歩いたんだが、あいかわらず賑《にぎ》やかな街だな。お前には似合わない」

「良い街でしょう？」

「帝都に比べたら、何処《どこ》も良い街だろうよ。――せっかくの機会だ。可愛《かわい》らしい奥方、よければお茶でも。俺は甘い物に目がなくてな。アイスクリンでも、どうだ？　花絲の街にも、最近はカフェができたと聞いたが」

「あいすくりん」

「……お前、嫁に美味《うま》いものを食べさせないとは、どういう了見だ。そもそも、昨今の女学生は、俺のようなジジイよりも、よほど外《と》つ国《くに》の文化に詳しいはずだが」

　奇妙なことに、恭司は自分のことをジジイと呼んだ。終也の学友ならば、ほぼ同年代であろうに。

「女学生風の恰好なだけで、女学生ではありませんから」

「そういう趣味になったのか？」

「恭司。いい加減、怒りますよ」

「あいかわらず冗談の通じない男だな」

三人は連れ立ってカフェに入る。小袖に白いエプロン姿の女給が、終也たちを見て頬《ほお》を赤らめていた。

(やっぱり。終也は綺麗《きれい》なのに)

街を歩いているときも、神社にいるときも、彼はたくさんの視線を攫《さら》っていた。どうして、自分のことを醜《みにく》いと思っているのか。

「冷たいので、気をつけてくださいね」

真っ白で雪のような、それを口に運ぶ。とろけるような舌触りと、口いっぱいに広がった味に、真緒は何度も瞬きした。

「幸せの味がする」

隣にいた終也が、くすりと笑った。

「可愛いことを言いますね。甘いのでしょう?」

真緒は何度も頷《うなず》く。出逢《であ》ったことのない幸せな口溶けに、これを甘いと呼んで良いのか分からなかったのだ。

アイスクリン。一生忘れられない食べ物になった気がする。

「それは良かった。寒い日に、暖かい部屋で冷たいものを食べるなんて、最高に贅沢《ぜいたく》だろう。気に入っているんだ」

「気に入っているのは結構ですけれど。あなた、もしかして男性一人で、このような場所に入っているのですか？　帝都では」

さぞかし悪目立ちするでしょうに、と終也は零《こぼ》した。

「お前と違って、俺は人の視線を気にしないからな。人生は何が起きるか分からない、他人の目を気にして、何かを諦めるなんて、ばかの極《きわ》みだ。好きなことをして、好きなように生きる方が後悔《こうかい》しない」

「それは、すみません。……でも、意外です。あなたは外つ国のことを嫌っているものとばかり。頑《かたく》なに、あちらの話を避けていたでしょう」

アイスクリンを一口含んで、終也は眉《まゆ》をひそめた。冷たいものが苦手らしい。

「学生の頃は、外つ国かぶれになるな、と五月蠅《うるさ》い連中がいたからな。俺自身は、外つ国の文化も嫌いじゃない。アイスクリンは美味いし、翼を持たぬ神無《かみなし》にとって鉄道は便利だろう。あれに乗ると京《みやこ》から帝都まで早いしな」

翼を持たぬ神無。裏を返せば、神在《かみあり》は翼を持っている、という意味だ。

「神在は空を飛べるの？」

「いいえ。神在のなかでも限られた家です。恭司は特別ですよ」

「さすがに、俺も今は飛べないが」

恭司はおどけるように肩をすくめた。まなざしが鋭く、近寄りがたい印象を受ける男だが、仕草や態度には愛嬌《あいきょう》があり、こちらを委縮《いしゅく》させるような威圧感はない。

悪い男には見えなかった。終也の友人であるならば、実際、そうなのだろう。

「恭司、ひとつ尋ねても？　先ほど、花絲には仕事でいらっしゃった、と言っていましたが」

「恭司様のお仕事って？」

「恭司は宮中に出仕しているんです。だから、普段は帝都にいるんですよ」

「と言っても、帝の使い走りのようなものだから、あちこちに追い遣られることが多い。いろいろ役職はつけられているんだが、長すぎて、憶える気にもならなくてな。なんと名乗れば良いのかも分からん。──終也、近いうちに十織を訪ねる。正式な形で」

「仕事で、十織にいらっしゃる、と。良い報せであることを祈りたいものです」

「俺が運ぶ報せが、良い報せであるはずがない。せいぜい覚悟しておけ」

アイスクリンを四つも平らげると、恭司はカフェを出ていった。嵐のような人であった。

「すみません、付き合わせてしまって」

「ううん。終也のお友達に会えて嬉しい」

「それは、恭司が良い男だからでしょうか？　たしかに、あのような男を、美しいと呼ぶのでしょうが。でも、あまり立場の安定した人ではないので、おすすめできません。気の良い男ではありますが、そんな優しい男でもないですし」

早口になった終也に、真緒は首を傾げる。

「……？　終也のことを知ることができて、嬉しかったんだよ。あなたのこと、ぜんぜん知らないから」

「僕の？」

「教えてほしいの、終也のこと。だって、わたしは終也の機織さんなんでしょ？」

――あたしの機織さん。

叔母《おば》の声が、少しずつ遠ざかってゆく。これからの真緒は、叔母の機織ではなく、終也の機織になるのだ。

この人のことを、もっと知りたい。

知ることで、終也にふさわしい機織になりたかった。

街から戻ると、終也は敷地内にある土蔵に案内してくれた。

「糸が、たくさん」

土蔵のなかには、ありとあらゆる糸が所狭しと収められていた。

「十番様の糸と、歴代の当主たちの糸が保管されている蔵です。十番様の糸は、五年に一度、賜《たまわ》るものですけど。神様の末裔《まつえい》が紡《つむ》いだ糸は、そうではありません」

「末裔?」

「十織の人間すべてが糸を紡げるわけではありません。でも、神様の血が強く、当主となる者は、十番様と同じように糸を紡ぐことができるんです。良縁を結び、悪縁を断ち切る、特別な糸です」

曰《いわ》く、十織の糸で織りあげ、仕立てられた衣は魔除《まよ》けとなる。十番目の神が良き縁を結び、悪縁を断ち切るため、結果的に、悪《あ》しきものから身を守るための衣となる。

「悪しきもの?」

「いろんな呼び方があります。悪しきもの、邪気《じゃき》、魔、禍《わざわい》、物の怪《もののけ》。恐ろしい化生《けしょう》の姿をしていることもあれば、流行病《はやりやまい》や厄災《やくさい》の姿をしているときもある。此《こ》の国で人が暮らすためには、封じ込めなくてはならないもの」

とかく、恐ろしいものであるため、帝や神在の家々は、身を守るため魔除けを欲する。だから、十番様、あるいは末裔の紡いだ糸から反物《たんもの》を織りあげ、魔除けの衣を仕立てるのだ、と言う。

「じゃあ。ここには、終也の糸もあるの？」

土蔵にある糸は、どれも美しく、どの糸で織っても素晴らしいものが織りあがるということが分かった。このなかに終也の糸があるならば、きっと一番美しいだろう。

真緒の質問に答えることなく、終也は苦笑した。

「実のところ、僕は糸を紡ぐことが苦手なんです」

「そうなの？　でも……」

「このとおり、昔の方々が遺《のこ》してくださった糸がありますからね。僕の糸など必要ありませんよ」

真緒の手を引きながら、終也はいくつかの糸を見せてくれた。

ただ、不自然なまでに近寄らせない場所があり、そこに収められている糸だけは見せてくれなかった。

（もしかして。あそこに終也の紡いだ糸がある？）

彼は、糸を紡ぐことが苦手と言ったが、できないとは言わなかった。この土蔵には、歴代当主たちと同じように、終也の糸も収められているはずだ。

「真緒」

咎《とが》めるのではなく、懇願《こんがん》するような声だったから、真緒は問いを呑《の》み込んだ。終也の糸のことは気になるが、無理に聞き出そうとは思えなかった。

真緒は首を横に振って、他の糸に集中する。

「綺麗な色。十織の家で、染めているの？」

糸には、織りあげるよりも先に染める糸と、織りあげた後に染める糸がある。幽閉《ゆうへい》されていた頃の真緒は、どちらの糸も使っていた。

土蔵にある糸は、すでに美しい色に染まっていた。十織で織るものは、基本的に先に染めた糸を使うのかもしれない。

「染めたのではなく、最初から染まっているのですよ」

「糸を紡いだときから、色があるってこと？」

「はい。糸を紡ぐときの、当人の心が顕《あらわ》れる、と」

ならば、やはり終也の糸こそ、いちばん美しい糸だ。優しい心を持っている男だから、彼の紡ぐ糸は綺麗で、美しいものになる。

「あとは、そうですね。恋をすると美しくて、綺麗な糸を紡ぐことができる、と亡くなった父――先代は教えてくれました。母に恋をしているから、父は綺麗な糸を紡ぐことができるのだ、と」

「恋？」

「ええ、恋です。でも、そちらは嘘でしょうね。だって、君に恋をしているのに、僕は綺麗な糸を紡ぐことができません。こんなにも君が好きなのに」

恋をしている。そう告げられても、真緒は良く分からなかった。

真緒の知っている恋は、真緒を産んだ人の恋くらいだ。

母は、花絲の街を訪れた旅人に恋をして、跡取り娘でありながら出奔《しゅっぽん》した。しかし、幸せは長く続かなかったのか。数年後、彼女は花絲の街に戻り、幼い真緒を生家に預けたまま消息を絶った。

顔も憶えていない母の話を聞かされる度《たび》に、真緒は思った。恋とは、きっと何を捨てても、何を失っても傍にいたい、と思う気持ちなのだ、と。

それほどまでに誰かを想う日が、いつか真緒にも訪れるのだろうか。

「好きなんです。こんなにも好きなのに」

まるで独り言のように、終也は零《こぼ》した。

「わたしも、終也のこと好きだよ？」

「ありがとうございます。でも、僕と同じ好きではないでしょう」

「好きには違いがあるの？」

終也は頷《うなず》くと、じっと真緒を見つめる。否《いな》、真緒というよりも、真緒に絡みつく何かを見ているようだった。

「僕の好きは、君に繋《つな》がる糸が、すべて僕に結ばれていれば良いのに、という好きなんです。どんな縁も、すべて。君に繋がる糸の先が、すべて僕でありますように、と」

終也の眼には、きっと真緒には見えないものが映っている。十織の神が司《つかさど》る、縁という名の糸なのかもしれない。

真緒に絡みついたそれらが、すべて自分と結ばれていますように。

「ずっと一緒にいてくれるってこと？」

「……少しは怖がってください。怖いことを言われているんですよ、今」

「そうなんだ？　でも、わたし、自分の糸が終也に結びついているのなら、それって素敵なことだって思ったの」

真緒は十番様に納める反物に使うための糸を、次々と選んでゆく。

恋をすると、美しい糸を紡ぐことができる。ならば、十番目の神様が紡ぐ糸も、それは美しい糸なのだろう。

たくさんの色に染まった糸を、工房に運んでもらう。十番様のことを考えたとき、どのようなものを織りあげるべきか、自然と頭に浮かんでいた。

恋をした神様に納めるならば、たくさんの恋を織りあげたものにしたい。

(機織に恋をした神様。いまも、子孫のことを愛してくれている神様。なら、自分たちの子孫が誰かに恋をしていることも、きっと喜んでくれるから)

街に連れ出してもらって、十織家や十番様について知ることができて良かった。

十織家は神様の在る家、神様と切れることのない縁で結ばれた家だ。神様を知ることが、この家を知ることになる。

(わたしも、この家の人になれるのかな)

十番様にふさわしいものを織ることができたら、十織の人間になれるだろうか。

終也の言う《好き》や《恋》は、真緒には難しい。

ただ、真緒は十織家の人間として認められたい。認められたいと思っていることは、終也が与えてくれる《好き》や《恋》にも通じる、大切な感情だろう。

織仕掛けをしながら、真緒は笑う。きっと、素敵なものを織りあげてみせる。

◇◆◇◆◇

かたん、と織り機を動かす音が、工房に響く。

神事に使うための反物は、少しずつ織りあがっている。必ずや美しいものになることも分かっていた。

なにせ、十織の歴代当主たちが紡いだ糸は、うっとりするほど美しい。

(不思議。色も、質感も、ぜんぶ違う。なのに、ぜんぶ美しくて、織りあげたときに美しいものが仕上がることが分かるの)

そのとき、ぐう、と腹が鳴った。途端、襲いかかってくる空腹感に、思わず腹のあたりを押さえた。

朝から何も口にしていないため、身体《からだ》は正直だった。

工房の外では、すでに日が暮れている。朝から工房に籠《こ》もって、時間の流れを把握《はあく》していなかった真緒も真緒だが、そもそも今日は一度も食事が出なかった。

十織の花嫁として認められていないからか、あるいは終也が気を遣ってくれたのか。

真緒の生活は、基本的に邸宅の奥で完結していた。織り機の置かれた工房と、そこから繋がっている私室だけで、生活の大半は事足りる。食事の際も、志津香たちと食卓を囲むのではなく、部屋まで女中たちが運んでくる。

ただ、今日のように、時折、食事が用意されないことがあった。

決まって、終也がいないときなので、女中のなかに真緒を気に食わない者がいるのだろう。朝から終也がいないことを知ってか、今日も同じだった。

機織の手を止めると、真緒は工房の仕切り戸を開けた。私室に戻り、いつものように化《け》粧箱《しょうばこ》を開けた瞬間、頭が真っ白になった。

（終也から貰《もら》った、椿《つばき》の簪《かんざし》がない）

花絲の街に出かけたとき、終也が挿《さ》してくれた椿の簪が消えていた。

幽閉されていた頃、好き放題に伸ばしていたせいか、いまだ真緒は一人で髪を結いあげることができない。街に出たときは、志津香が結ってくれたから形になったのだ。

だから、上手《じょうず》に髪を結うことができる日まで、簪は大事に仕舞っておくつもりだった。

真緒が持ち出すことはない。終也も違う。ならば、部屋に入って、化粧箱から簪を持ち出した誰かがいる。

堪《たま》らず、真緒は部屋を飛び出した。

（部屋に人が来るのは、お掃除《そうじ》のときだけ。なら）

邸《やしき》の何処《どこ》に何があるか、誰が控えているのか、終也には教えてもらっている。

真緒は急いで、女中たちが生活している場所に向かった。突然現れた真緒に、たくさんの訝《いぶか》しげな目が向けられたが、少しも気にならなかった。

「あの！」

一度は見たことのある顔に、真緒は駆け寄った。祝言《しゅうげん》の日、真緒のもとに来ていた女中たちだ。一仕事終えたのか、彼女たちは火鉢《ひばち》を囲んで歓談していた。

「簪を知らない？　大切なものなの」

女中たちは顔を見合わせる。

「さあ。そのようなもの見た？」

「いいえ。何も」

「ご自分で失くされたんじゃないの？　私たちの前に、わざわざ顔を出されるなんて。嘲《あざ》笑《わら》いにいらっしゃったの？　祝言の日、志津香様から、どれだけお叱《しか》りを受けたか」

いちばん年が若く、真緒とも年齢の近そうな女が目を鋭くした。

「また志津香様に叱られるわよ」

一緒にいた女が窘《たしな》めるが、それを振り切って、彼女は続ける。

「どうしたの？　皆さん、急にしおらしくなられて。志津香様がいない場所でまで、良い顔する必要ありますか？　誰も、この娘が十織の花嫁だなんて認めていない。お食事の用意だってまともにしない。御当主様からよろしく頼む、と言われたのに」

止めに入ろうとした女たちは、気まずそうにうつむく。

「良いご身分よね。あんな襤褸《ぼろ》を着た、みすぼらしい娘だったくせに。あなたなんて、離れにでも住めば良かったのに。あそこだったら、化け物を閉じ込めていたってうわさがあるくらいだから、お似合いでしょ」

「ちょっと。いい加減に」

「この子、御当主様にお優しくされて調子に乗っているのよ。出しゃばって、十番様に納める反物《たんもの》まで織っているんでしょう」

「そうしたら、志津香様が認めてくれるって言うから」

「認める？　本気で認められると思っているの？　自分の立場くらい弁《わきま》えなさいよ。私だったら、もう恥ずかしくて、自分から十織を出ていくわ。こんなものまでいただいて」

女中の手には、真緒の捜していた椿の簪があった。

「それ！　返して。終也がくれた大事なものなの」

「部屋に落ちていたから、塵《ごみ》と思って、お片付けになったそうよ。私ね、処分をお願いされたの。大事なもの？　ちゃんと管理していないのが悪いのよ」

ぱちぱちと音を立てる火鉢のなかに、彼女は簪を落とす。火のついた炭に触れた途端、簪から火花が散った。つまみ細工の椿が、炎に包まれる。

気づけば、真緒は火鉢に手を突っ込んでいた。

「何をしているのよ⁉」

熱さを感じるよりも先に、後方に引っ張られる。女中の一人が、青ざめた顔で、真緒のことを羽交《はが》い締《じ》めにした。

「放して！　燃えちゃう！」

力の限り暴れようとするが、女中は放さない。他の女中は、慌てたように火の始末をするが、真緒の行動に動揺《どうよう》したのか、必要以上に手子摺《てこず》っていた。

その間にも、簪が焦げて、嫌な臭《にお》いを放っている。

女中たちは何とか火の始末をすると、口々に言い訳をしながら、その場を去った。周りにいた使用人たちも、真緒と目を合わせることなく、あちこちに散る。

取り残された真緒は、うずくまって動けなかった。火鉢に突っ込んだ片手は、少しひりつくくらいで、辛《かろ》うじて火傷《やけど》には至っていない。痛みもさほどなかった。

だが、何よりも心が痛くて堪《たま》らなかった。

「泣いてんのかと思った」

真緒は顔をあげる。終也の弟――綜志郎が、腕を組んで、真緒を見下ろしていた。おそらく、真緒と女中たちの遣《や》り取《と》りを見ていたのだろう。

「泣かないよ」

「そ。じゃあ、後で兄貴に泣きつくのか？　泣きつけば、あの人は女中をどっかやるくらいするかもしれねえけど、根本的な解決にはならない。同じことの繰り返しだ。だいたい、気に食わねえ奴の首を刎《は》ねてばっかりいたら、誰も残らない」

「もともと、終也に言うつもりはないから」

終也は優しいから、打ち明ければ真緒を庇《かば》ってしまう。だが、それでは彼の人望が失われるだけだ。

「嫌がらせされてまで、ここに残りたいのかよ。そんな魅力的な家じゃねえけど。外から思うほど、神在なんて良いもんじゃない」

「御家の良し悪《あ》しは分からないけれど。でも、ここには終也がいるから」

「兄貴に惚《ほ》れてんの？　本気なら、ますます止めとけ。兄貴は、人間の真似事《まねごと》は得意だけど、中身はまったく別の生き物だよ。とっても怖いんだ、御先祖様と似て」

「怖くないよ。怖いとしたら、あなたたちの目は節穴《ふしあな》なんだと思う」

物心ついた頃には、すでにそうだった。真緒の目は、見るだけで、どのようなものか理解してしまう。織りあげられたものを見ると、どのように織られたのか分かってしまうように。

それは人にも当て嵌《は》まることだと思っている。真緒の目には、いつだって優しくて、美しい終也が映っていた。

「あの人を、自分と同じ生き物だって思うくらいなら。俺は節穴のままで良いな」

綜志郎は火箸《ひばし》をとると、灰の中から簪を取り出した。つまみ細工の椿の花は、見るも無残になっていた。簪本体も焦げて、とても髪に挿せる状態ではない。

「これ、俺が預かるよ。直すのは無理だけど、灰を落として、あんたのとこに持ってく。だから、火鉢に手を突っ込むような真似、二度とするな。機織にとって、手はもう一つの命だって、分かってんだろうに。そんなに兄貴がくれた簪が大事だったわけ?」

「大事にしたかったの。終也がくれたものは、ぜんぶ宝物だから。……わたし、終也の隣にいたい。隣にいても良い自分になりたい。わたしは織ることしかできないけど、織ることだけはできるから」

「織ることしか、ねえ。志津香にも、あんたみたいな気持ちがあれば違ったのかね」

「志津香様?」

「あんた、死んだ父様と似ている。才能とか、技量の前に、そもそも織ることでしか生きられない人間だ。俺は、あんたが糸賜《しし》の儀に関わるのが嫌だった。十番様に納めるための反物を織るのは、志津香の役目だ。でも、あいつには荷が重いんだろうな。——志津香の部屋、知っているか?」

「知っている、けど。終也から邸のことは教えてもらっているから」

「じゃ、ちょっと様子を見てきてくれよ。火鉢から、簪を取り出してやった御礼ってことにして。じゃないと、間違って処分しちまうかも」

「それはダメ！」

「だよな。なら、志津香のとこに顔を出してくれ。あの意地っ張りも、あんたに会ったら、ちっとは良くなるかもしれないから」

真緒を追い払うように、綜志郎は手を振った。真緒は言われるがまま、志津香の部屋に向かうことにした。

かたん、と音がする。聞き慣れた機織の音だが、自分の音ではないから、少しばかり不思議な感じがした。

石油ランプに照らされた部屋で、織り機を動かす女がいた。

「何の用かしら？」

真緒の気配に気づいて、彼女は手を止める。

「綜志郎様が、志津香様の様子を見てきてほしいって。それが、十番様に納める反物？」

志津香は頷《うなず》くと、細い指で、織り機にかけられた糸を引っ張る。織りはじめたものを無かったことにするよう、次々と糸を緩《ゆる》めて、解いてしまった。

「どうして」

「こんな不出来なものを、十番様に納めるわけにはいかない。父様の納めたものは、もっと、もっと素晴らしかったのよ」

今は亡き終也たちの父、十織家の先代は、優れた機織でもあったという。眩暈《めまい》がするほど美しかった祝言のときの衣裳も、彼が織った反物から仕立てられた。

「父様は、街一番の機織だったの。私とは違う。十織家の人間だから、と機織の技術を仕込まれても。私には、父のように織ることはできない」

志津香は額に手をあてる。肌は真っ青で、唇にも血の気はない。目の下に広がった隈《くま》は、ほんの数日で出来るような色ではなかった。

真緒と会うとき、彼女は綺麗《きれい》に化粧《けしよう》をしていたから気づかなかった。おそらく、真緒が嫁《とつ》ぐよりも前から、彼女は神経をすり減らしていた。神事のための反物を織っては、こんなものは違う、と解いてきたのだ。

「兄様に何か言われた？　あの人はね、私に言ったのよ。反物を織ることができないなら、今回は父様の形見を使えば良いって。そうね、父様の織ったものなら神様に納めるにふさわしい。でも、次は？　また五年後、父様の形見を使うの？　父様が遺《のこ》してくれたものだって限りがあるのに。兄様は何も分かっていない」

「終也は、あなたを追いつめるつもりで、そんなことを言ったわけじゃないと思う」

「どうかしら。ずっと帝都にいて、糸賜の儀に関わったこともないくせに。兄様は、私には織ることができない、と決めつけた。仕舞いには、あなたをつれてきたのよ」

真緒は理解する。志津香は傷ついているのだ。真緒という機織が連れてこられたことで、兄から切り捨てられた、と感じている。

「でも、兄様の言葉を否定できない。だって、私には織ることができないのだもの。——あなたには織ることができるの？　ねえ、《織姫《おりひめ》》さん。父様はね、織りあげた反物の褒美《ほうび》に、皇女を妻として与えられた。そんな特別な機織だったのよ」

どうしてだろうか。志津香の言葉が、織ってほしい、という願いに聞こえた。

「……分からない。でも、わたしは織ることにだけは誇りを持っている。閉じ込められた時も、今も変わらない。織ることでしか生きていけないって思っているの」

「父様と同じことを言うのね。なら、織ってくださる？　父様のように。あなたが父様と同じ特別な機織なら。きっと、十番様は満足してくださるでしょうよ」

何かを諦めるように、志津香は自嘲《じちょう》する。それから、指先で糸をすくっては、虚《うつ》ろな視線をさまよわせた。

工房に戻ると、終也が戸口の前に立っていた。外から帰ってきたばかりなのか、真っ黒な外套《がいとう》を羽織《はお》っている。

「おかえりなさい」

終也は首を傾《かし》げるだけで、返事をしなかった。

「あの。お仕事から、帰ってきたんだよね？」

真緒が尋ねると、ようやく、おかえりなさい、という言葉が、自分に向けられたものと分かったらしい。

「ただいま戻りました。姿が見えなくて、心配したんです。あまり良くないところに迷い込んだのかと思って」

「良《い》くないところ？」

「離れのことです。教えていませんでしたけど、あそこには近寄らないでくださいね。君には似合わない、悍《おぞ》ましい場所ですから。……綜志郎から聞きました。簪《かんざし》のことは残念でしたね」

どうやら、綜志郎が先回りして、終也に本当のことを話してしまったらしい。

「ごめんなさい。でもね、あの。何もしないでほしくて」

彼女たちが気に入らないのは、終也ではなく真緒なのだ。余計な波風を立てて、彼の立場を悪くするのは嫌だった。

「謝らないで。君が謝る理由などないのですから。君が望むのなら、何もしませんけれど。申し訳ありません、きちんと家を治められていない僕の責任です」

「終也は何も悪くないの。あんなに素敵な簪だったから、わたしには、ふさわしくなかったのかも。みすぼらしい髪だし」

「……少し話をしましょうか。触れても構いませんか？」

終也は真緒の手を引いて、工房に面した庭へと下りた。背の高い木々がそびえる庭は、邸宅の裏にある森とは違って、明らかに人の手が入っているものだ。枝葉を広げる木々も、庭を造るために植樹《しょくじゅ》したものだろう。

（何の木だろう？）

真冬でありながら、色濃い葉をつけている。どれも同じ樹木なのか、背の高さや大きさは違うが、そっくりの姿をしていた。

四阿《あずまや》に真緒を座らせると、終也は櫛《くし》を取り出した。

「僕が、君に何かを贈りたいと思うのは、君にふさわしい、と思っているからですよ。綺麗な髪です、とっても」

終也はゆっくり、ゆっくりと真緒の髪を梳《す》く。

「簪、似合っていた？」

「とっても。髪だけでなく、君の目にもぴったりでした。椿《つばき》は魔除《まよ》け、邪気祓《じゃきばら》いの木なんですよ。君の目が、椿の色と知ったとき、僕はとても素敵なことだと思いました」

「だから、祝言《しゅうげん》のとき褒《ほ》めてくれたの？　血みたいって言われてきたのに」

「僕には、椿の花の色にしか見えませんよ。この庭に植えられているのは、ぜんぶ遅咲きの椿です。春になると、庭は赤く染まる。昔は、椿の咲く季節が苦手でしたが、いまは君のおかげで好きだと思います」

「わたしのおかげ？」

「真緒の目の色だと思ったら、いちばん美しい花に思えたんです」

「……ありがと」

「どういたしまして。不甲斐《ふがい》ない僕を許してくださいますか？　君を悲しませないように、きちんと家を治めるよう努力します。だから、ずっと十織にいてくださいね。……君の目と同じ色の花が咲く季節も、こうして二人で庭を眺められたら、と思うのです。次の春も、その次も、永遠に」

遅咲きの椿が、庭を赤く染める光景を想像する。幾度、季節が巡ろうとも、終也の隣にいられたら、どれだけ幸せだろうか。

（終也の隣にいたい。織ることで、この家の人間になりたい）

「志津香様のところに行ってきたの。お父様のようには、織ることができないって」

「父は特別でしたからね」

「お父様は、わたしと似ている？」

「機織としての生き方が、そっくりなんだと思いますよ。父も、織らずには生きられない人でしたから」

「五年前の神事で、十番様に納めたのは、お父様の織った反物《たんもの》だったんだよね？」

「はい。父が事故で亡くなる直前のことでした。僕は帝都にいたので見ていませんが、それは美しい反物だった、と志津香は言っていました。あの子は、ずっと父の背中を見ていたので、帝都にいた僕より家の神事に通じています。父が亡くなってから、あの子には助けられてばかりでした」

「いっぱい助けてくれそう」

　祝言の日、衣を着ることのできなかった真緒を助けてくれたように。

「いっぱい助けてくれましたよ。だから、今回の儀は、あの子に織れないなら、それでも良かったんです。いつも助けてもらっていますから、今回は無理をしなくても良い、と。十番様に納める反物なら、父の形見がありますから」

　いまは無理でも構わない。いつか織ることができるようになったら、そのときで良い、と、志津香に伝えたらしい。

「聞き入れてもらえた？」

「怒らせてしまいました」

志津香は、自分の手で織りたかったのだ。ずっと背中を見ていた父と同じものを、神に納めるに相応《ふさわ》しい反物を織りあげたかったのだろう。

だが、父のように織ることはできず、そんな自分に失望していた。

「本当は、志津香様が織るべきなんだと思う。志津香様は、ちゃんとした十織家の人間だから。……でもね、織ってみたいの。わたしが、お父様みたいに特別な機織とは思えないけれど。似ているのなら、織ることができるって思いたい」

織ることができたら、十織家の人間になれるだろうか。

叔母《おば》や祖父母のいた家は、真緒にとって家ではなく牢獄《ろうごく》だった。支配されていると思ったことはあるが、家の一員と思ったことはない。

あの家では、真緒は家族ではなく奴隷《どれい》だった。

真緒にとって、十織の家が、はじめての家なのだ。終也の隣にいるにふさわしい、家の者として認められる自分になりたかった。

「神事のための反物を、織っても織らなくても。君は、僕の花嫁ですよ。十織の人間です。

そう言っても、きっと分かってくださらないのでしょうね。……だから、君が織ると決めたなら、僕から言えるのはひとつだけ」

終也はまるで夢見るように、宝石みたいな緑の瞳を細める。

「僕は、君ほど一途《いちず》な機織を知りません。父よりも、誰よりも。君の織るものが、いちばん美しい」

出逢《であ》った夜から変わらない。終也は、誰よりも真緒の織るものを信じてくれている。

「……工房に戻るね。今日はなんだか、織っても織っても眠れる気がしないの」

「無理はしないでほしいんです。でも、僕の好きな君は、そういう生き物ですからね」

終也は優しく、いたわるように真緒の髪を撫《な》でてくれた。

（機織に恋をした神様だから、十番様には、たくさんの恋を織りあげたものを。そう思ったのは、きっと間違いじゃない）

十番様の末裔《まつえい》が紡《つむ》ぐ糸は、恋をするほど美しく染まる。終也は否定的だったが、歴代の当主たちの糸を見ると、それは正しいのだと思う。

たくさんの美しい恋があったから、これだけの美しい糸が紡がれた。

真緒は工房に籠《こ》もって、ひたすらに織り続けた。

反物が仕上がったのは、神事の数日前のことだった。

三・

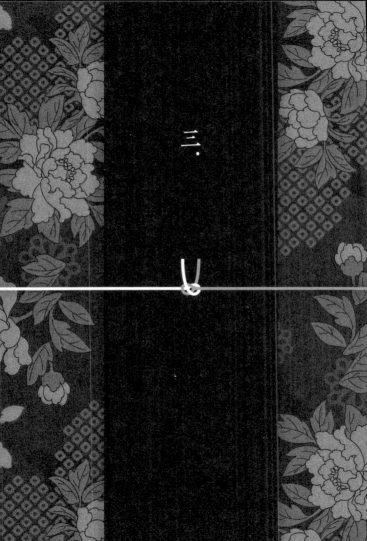

糸賜《しし》の儀が執《と》り行われる日は、朝から大粒の雪が降っていた。

終也《しゅうや》に連れられて、真緒《まお》は邸宅の裏にある森に入った。

祝言《しゅうげん》のとき、部屋の中から見えた森は、変わらず鬱蒼《うっそう》としていた。背が高く、いびつに幹を太くした木々たちは、冬にもかかわらず葉を落としていない。まるで、森の奥深くにいる尊《とうと》き存在を守るかのように。

此《こ》の森は、神様の住《す》み処《か》であり、神様を守る砦《とりで》でもあるのかもしれない。

「本当に、いらっしゃるなんて」

先を歩く志津香《しづか》が、不満そうにつぶやく。彼女は幾重にも衣を重ねており、とても森を歩く格好ではなかったが、真緒よりもずっと危なげのない足取りだ。

五年前の神事でも、彼女は同じように森を歩いたのだろう。存命だった父親とともに。

「十番様《じゅうばんさま》に納める反物《たんもの》を織ったら、認めてくれるって。織ってみなさい、と言ったのは志津香様だよ。わたし、十織《とおり》の人間になりたいの」

「あんな言葉、聞かなかったことにすれば良かったでしょう。私が何を言っても、兄様の決定は覆《くつがえ》らない。兄様があなたを花嫁と言うならば、あなたは十織家の花嫁。私に認められる必要なんてないのよ」

真緒は首を横に振った。

「そうだったとしても。わたしが、あなたに認められたいって。仲良くしたいって思うことは変なのかな」

志津香は振り返って、終也とそっくりの目を丸くした。

「私と仲良くしたいの？　どうして。兄様の妹だって理由なら要らない。私に気を遣わなくとも、兄様はあなたを蔑《ないがし》ろにしないもの」

「祝言のとき、衣の着方を教えてくれるって言ったよね。終也と街に出るとき、本当に教えてくれた。嬉しかったの」

「あなたのためではないのよ。女中の非礼の、お詫びのつもりで……」

「お詫びでも嬉しかったの。だから、わたしも何か教えてあげられたら、って。わたしは織ることしかできないけれど。織ることなら、わたしにも教えられるものがあるかもしれない。そうしたら、一緒に、もっと素敵なことができるんじゃないかって」

「志津香。反物を織ることはできましたか？」

終也の問いに、志津香はまなざしを鋭くした。

「……いいえ。悔《くや》しいけれども、兄様の言うとおり。今回は父様の形見を使う。それで良いのでしょう？」

志津香は抱えていた反物を持ちあげる。彼女たちの父が織ったものだろう。

彼女の顔には、神事のための反物を織っては、父と同じように織ることができない、と苦しみ続けた日々が滲《にじ》んでいた。

「それとも、あなたが織ったものを納める？　父様みたいに、あなたが特別な機織《はたおり》であるなら、十番様に納めるにふさわしいものが織りあがっているのでしょう？」

「わたしが特別なのかは分からないの。志津香様も、わたしのことを十織の人間として受け入れるのは難しいかもしれないけど。でも、わたしは、この家の人に、この家の機織になりたいの」

真緒は織りあげた反物を、志津香にも触ることができるよう、両手で掲《かか》げた。

様々な色糸を使って織り出したのは、白地に数多《あまた》の花が開く反物だ。朱色、紫、藍《あい》、たくさんの色が花開くそれを、百花が集《つど》う庭を描くつもりで織りあげた。

志津香は反物を見つめたまま動かなかった。しばらくして、織りあげた花を、細い指先でなぞってゆく。

確かめるように、あるいは懐かしむように反物に触れて、志津香は顔をくしゃくしゃにした。きつく眉根《まゆね》を寄せた顔は、泣くのを堪《こら》える幼子のようだった。

「欲張り過ぎではないの？　こんなに、たくさん織って」

桜に、菊に、と花の数をひとつひとつ数えながら、彼女は泣き笑った。

「いっぱい《恋》を織りあげたかったの。十番様が喜んでくれるように」

美しい糸は、それだけ美しい恋が、十織の末裔《まつえい》たちに芽生《めば》えた証《あかし》だ。

恋をすると、綺麗《きれい》な糸を紡ぐことができる。それが真実ならば、たくさんの恋を織りあげようと決めていた。

十織の始祖《しそ》は、機織に恋をして、機織のために糸を紡いだ神様だ。

自分の末裔たちの恋を、十番様は喜んでくれるはずだ。恋をしていた神様は、自分の末裔たちが恋をしていることを祝福してくれる。

「兄様。こんな腕のある機織、いったい何処《どこ》に隠していたの？」

「隠していたのではなく、隠されていたのですよ。ずっと探していたんです」

「だから、街一番の機織り上手《じょうず》を花嫁にする、なんて言っていたのね」

「あんなにも一途《いちず》に織る子だから。ぜったいに街一番の機織り上手になっている、と思ったのです。僕は間違っていなかったでしょう？」

終也は誇らしげに語る。そのことが真緒はとても嬉しかった。

「わたしが織っていたから、迎えに来てくれたの？」

たった一夜の優しい夢を支えに、織り続けた日々があった。自分は機織にしかなれないと知りながらも、あの場所で織ることが、真緒は苦しかったのかもしれない。

自分の織ったものが、他人に盗《と》られてしまう。織りあげたものが、真緒の織ったものとして世に出ることはない。

真緒はずっと悲しくて、寒くて、痛かったのだ。しかし、あの日々が、終也のもとに縁を結んでくれたのなら、あのときの自分が救われる気がした。

「ずっと探していたんですよ。暗がりで出逢《であ》った女の子を。すぐに迎えに行けなくて、すぐに探してあげられなくて、申し訳ありませんでした」

「良いの。迎えに来てくれたから」

志津香は呆《あき》れたように手を叩いた。

「仲良しなのは結構だけれど、これから神事よ。……兄様。いいえ、御当主様。糸賜の儀は、当主たるあなたが行うべきもの。あなたは先祖《せんぞ》返《がえ》り、当代で最も神様に近い人なのだから」

志津香は膝を折って、終也に向かって頭《こうべ》を垂れた。まるで、これ以上は付き従うことができない、と言わんばかりに。

「機織を連れて、十番様の御前へ」

終也の視線は、森の奥深くに向けられていた。現在地よりも緑が濃く、鬱蒼とした木々が生い茂る場所は、日中とは思えないほど薄暗い。冷たく、不思議なほど澄んだ風が、まるで愛《うつく》しむように、終也の頬《ほお》を撫《な》でる。

招かれているのだ。森に棲《す》まう神が、終也のことを待っている。

「終也」

真緒は反物を抱えているのとは逆の手で、終也の手をとった。神の御前に向かうことを恐れるように、彼の手は冷え切っていた。

ずっと帝都にいた終也は、おそらく十番様と顔を合わせたことがないのだ。

「僕の機織さん。一緒に、来てくださいますか？」

「でも、わたしは」

「君は十織の花嫁です。祝言の日、君の縁は、この家と結ばれたのですから。十番様が結んでくださった」

祝言の日、真緒と終也に結ばれた糸を思い出す。あの赤い糸は、十番様の糸だったのかもしれない。そうして、真緒の縁は、十織という一族に結ばれた。

ふたりは手を繋《つな》いだまま、森の奥深くに踏み出した。

雪の積もった地面は、凸凹《でこぼこ》として、何度も足をとられそうになる。平らな地面ではなく、雪の下にびっしりと樹木の根が張っているのだ。わずかに地表に顔を出しながらも、その根は地中深くにも張り巡らされ、森全体を支えているのだろう。

かたん、かたん、と何処からともなく機織の音がした。祝言のときにも聞こえた音は、やはり異界の音色のようだった。

真緒のいる今ではなく、遠い、遠い昔から響いてくる音だ。

(そっか。十番様が好きだった音なのかな)

遠い昔、十番様が恋をした機織は、こんな風に織る人だったのだろうか。思い出をなぞるよう、愛していた日々を呼び起こすよう、十番様は、その音を覚えている。覚えているから、繰り返し響かせるのかもしれない。

やがて、木々が開けて、ぽっかりと円状に開いた空間にたどり着く。真緒たちを迎えたのは、見上げることもできないほど背が高く、古い樹木だった。

樹の根元が震えて、戸が開くように、先ほどまで存在しなかった洞《うろ》が現れた。

洞の中には暗闇が広がっていた。その奥に、いくつもの緑色の光が並んでいる。

あれは十番様の目だ。宝石のように美しい緑色の目で、神がこちらを見ているのだ。ただ、見つめるだけで、真緒たちに近寄ってくることはなかった。

「十番様は、こっちに来ないの?」

「……きっと。自分の姿が、僕たちを怯《おび》えさせると分かっているのでしょうね。大きな、大きな蜘蛛《くも》ですから」

真緒は、洞の奥で身体《からだ》を丸めた大蜘蛛を想像してみる。

（怖くない。むしろ優しい気がする。人を怖がらせないように、姿を見せないなんて）

「終也と似ているね、優しいところが。御先祖様だから？」

終也は苦笑して、否定も肯定もしなかった。

「反物を」

織りあげた反物が、真緒の手から、終也の手に渡った。彼は織り出された花々を指先で撫でた後、ゆっくりと洞に近づいていった。

終也は膝を折って、祈りを捧げるように、反物を掲《かか》げる。

そうして、そのまま洞のなかに落とした。

乱暴な動作に思えたが、すぐに違うと分かった。洞のなかに張り巡らされた、きらきらと輝く糸が、愛《め》でるように、慈《いつく》しむように、反物に絡みついている。糸はそのまま、十番様のおわす場所まで、反物を運んでゆく。

次の瞬間、ひときわ大きく、機織の音が響いた。かたん、かたん、とあたりの空気を震わす音色に、真緒は呼吸すらも忘れた。

（神様の糸）

いつのまにか、樹木近くに糸が積みあがっていた。此《こ》の世《よ》のものとは思えぬ、何処か触れるのがためらわれるような糸だった。

十番目の神様が紡《つむ》いだ糸。

土蔵に納められていた歴代当主の糸も美しかったが、十番様の糸は、また格別のように感じられた。

不思議なほど澄んだ風が、真緒たちの頬を撫でる。

機織の音が止む。巨大な洞は閉じて、あとは樹木の幹があるだけだった。

◇◆◇◆◇

虫も鳴かぬような夜更け。

いつものように工房で織っていると、志津香が訪ねてきた。神事が終わって肩の荷が下りたのか、血の気が戻り、いくばくか表情も明るい。

「呆れた。こんな時間まで織っていたの？　兄様も酷《ひど》いわね。遅くまで働かせるなんて」

「……？　終也は関係ないよ」

「前の家では、ずいぶん酷い目に遭《あ》わされていたんでしょう。嫌にならないの？　朝から晩まで機織ばかり。織らなくなっても、もう誰も、あなたのことを責めないのに」

「織ったものが叔母様《おばさま》のものになるのは嫌だったけれど。織ることを嫌だと思ったことはないの。わたしは織ることしかできないから」

たとえ幽閉《ゆうへい》の身でなかったとしても、真緒は機織だったろう。織ることでしか息ができないから、生きている限り、機織であり続ける。

「織ることだけできたら、それだけで十分よ。この家では、ね。——見事ね。こんなにも美しいもの、父様の織ったものしか見たことがないわ」

織り機を覗《のぞ》き込んで、志津香はほうっと息をつく。

「わたしと似ているっていう、お父様？」

「ええ。五年前、不幸な出来事で亡くなってしまった父様。街で一番の機織だった。……あなたが十織に嫁《とつ》ぐ前から、あなたのことは知っていたの。誰かが、あなたの織物を見て、それらを織りあげた機織を《織姫《おりひめ》》なんて呼び始めたのよ、まるで街一番の機織であるかのように」

真緒の作品を通して《織姫》という機織の存在は浸透していった。幽閉されていた真緒を置き去りに、その名は一人歩きし、やがて叔母の名誉となったのだ。

「だから、余計、あなたに反発してしまったのかもしれない。父様だけが一番であってほしかったの」

志津香の声には父への思慕《しぼ》があった。彼女は亡くなった父を尊敬し、今も家族として愛しているのだ。

「祝言《しゅうげん》の色打掛《いろうちかけ》、お父様の反物《たんもの》から仕立てたんだよね？　すごく綺麗《きれい》だった」

「でしょう？　自慢の父だったのよ。私たちだけでなく母様にとっても。……祝言のときは、ごめんなさい。嫌だったでしょう？　あんな風に席を空けられて。母様は、父様が亡くなってから、御心を病んでしまったの」

「良いの。でも、いつかお会いしたいな。わたしの織ったものも見てもらいたい。そのときは、わたしも十織の人間だって。此の家の機織だって、認めてもらえるかな」

「きっと。だって、あなたの織るものは、兄様の言うとおり、とっても一途《いちず》なんだもの。……義姉様《ねえさま》」

真緒は手を止める。義姉様という呼び方は、志津香が真緒を認めてくれた証《あかし》だった。

「お義姉さんになっても良いの？」

「兄様のお嫁さんなら、あたしの義姉でしょう？　あなたの方が年下だろうから、すわりが悪いけれども。いくつ？」

「たぶん、十五、六歳？」

真緒の母親は、何も語らず、真緒のことを生家に預けた。真緒の出生にまつわる情報はなく、正確な生年は分からないのだ。ただ、同じ年頃の叔母に比べると幼いので、十八だった叔母よりも幾つか年下だろう、という見立てだ。

「やっぱり年下なのね。兄様には困ったものね、私よりも年下の義姉様なんて」

「志津香様は、おいくつ？」

「兄様にもつけていないのに、私に様なんてつけないで。志津香で良いわ。十九歳、兄様のひとつ下なの。年子なのよ、私たち」

真緒は、ここに来てようやく、終也が二十歳《はたち》であることを知った。志津香もそうだが、顔立ちや佇《たたず》まいから、ずいぶん大人びて見える兄妹であった。

「妹ができるの、はじめて。はじめてのことは、とっても嬉しいことだって、終也が教えてくれたの。だから、ありがと」

志津香は眉《まゆ》を下げた。困ったような顔だったが、何処《どこ》となく嬉しそうでもあった。

「お礼なら、私が言うべきことよ。糸賜《しし》の儀、反物を織ってくれてありがとう。あなたが兄様のお嫁さんで良かった」

「織ることしかできないから」

「さっきも言ったけれど、織ることだけできたら十分よ。十織家は、機織の家なのだから。これからも、たくさん織ってくださる？」

「糸賜の儀だけじゃなくて？」

「いろんな神事があるのよ。それに、神事に使うだけではないの。十織家の反物には魔除《まよ》けの力が宿るから、各地で求められている。それこそ、他の神在《かみあり》や、帝《みかど》にだって納めているのよ」

「帝。いちばん偉い人？」

「そうよ。いちばん偉くて、いちばん恐ろしい御方よ。……でも、心配しなくて良いわ。帝に反物を納める機会は、あなたが生きている間には訪れないだろうから」

「そうなの？」

「十番様のお力は、私たちが想像するより、ずっと長持ちするものよ。父様が生きていた頃に、帝に納めなくてはならない反物は、すべて納めているの。今代で新たに納める必要はないのよ」

「帝に納める反物って、どんなときに使われるの？」

十織の糸には神様の力が宿っている。その糸から織られた反物は、特別なときに纏《まと》う衣となるはずだ。

「有名なのは神迎《かみむかえ》かしら」

毎年、神迎という儀礼があるそうだ。昔は京《みやこ》で行われていたもので、帝がおわす宮中が帝都に移されてからは、そちらで執《と》り行われている。

帝のもとに、各地から神在が集まる儀礼だという。

「ねえ。織るところ、見ていても良いかしら？」

織り機を覗き込んで、志津香は楽しそうに身体を揺らした。

「面白くないかもしれないけれど」

「意匠図《いしょうず》もなく織っているのを見たら、面白いとしか言えないけれども。どうして、そんなに迷いなく織れるの？　まさか、十番様に納めた反物も？　あんなにたくさん花を織り込んでいたのに？」

「……？　ぜんぶ頭のなかにあるの。一目見たら分かるから。どうやって織られたのか、どんな風に織れば良いのか」

真緒の目は、昔からそうだった。見るだけで、それがどのようにして成り立ったのか理解してしまう。

「特別な目を持っているのね。神様が、あなたを愛しているのかも」

「十番様？」

「ふふ、そうかもね。だって、あの御方は機織が大好きだもの」

機織をする真緒の傍《かたわ》らで、しばらく志津香は話をしていった。下手《へた》な相槌《あいづち》を打つだけの真緒に怒ることなく、彼女の声は優しいものだった。

夜明け前になって、ようやく真緒は工房の外に出た。

（なんだか、胸がいっぱいで眠れない）

織っても、織っても、織りたくて堪《たま》らなかった。胸のなかで、あたたかな光が揺れているのだ。

幽閉《ゆうへい》されていた頃は、いつも冷たくて、凍えそうだったのに。

沓《くつ》も履《は》かずに、真緒は庭に下り立った。裸足《はだし》で踏みつけた雪の冷たさは、閉じ込められていた頃と変わらなかったが、真緒の心はもう寒くなかった。

ここは椿《つばき》の庭、と終也は教えてくれた。春になれば、庭一面が赤く染まるのだ。

真緒は自分の目が好きではなかった。叔母の言うとおり、流血を思わせる色で、不吉なものと思い込んでいた。

しかし、終也は教えてくれた。真緒の目は、椿の色、と。

（終也は、いつも優しいことを教えてくれる）

彼の言葉で、真緒の世界は色を変える。悪いものと思っていたことが、とても素敵なものに変わってゆく。

真緒は胸に手をあて、宙を見上げる。遠い夜空には、天《あま》の川《がわ》が流れている。数多《あまた》の星々が流れる川は、淡い輝きを放ちながら、そっと地上を照らしていた。

（星の光が優しくて、美しいことも、終也が教えてくれた）

終也は知らないだろうが、終也と出逢《であ》った夜、真緒は闇に浮かぶ優しい光を知った。あれが星の光と似ている、と気づいたときから、夜空を眺めることが好きになった。

暗がりに一条の光を見た。それは美しい、真緒にとって希望の糸だった。

「うわ。こんな時間に、なんで起きてんだよ」

椿の陰から現れたのは綜志郎《そうしろう》だった。外から戻ってきたようだが、門から帰ってこなかった時点で、家の者に隠れて抜け出していたことは明らかだ。

双子と言うが、見れば見るほど、志津香とは似ていない少年だった。志津香と同じ十九歳であろうに、服装によっては、真緒と同い年にも見える。

「夜空を見ていたの。天の川」

「天の川？　冬なのに見えるのかよ」

「見えるよ？　夏よりも淡い光だから、みんな分からないのかな」

冬の天の川は、夏と比べると、とても淡く優しい光になってしまう。

「分かんねえわ。あんたの目が特別なんじゃねえの」

遠い昔、ほとんど憶えていない幼少期、綜志郎と同じことを言った人がいた気がする。

お前の目は特別だから、きっと冬の天の川も見えるだろう、と。

「綜志郎様、こんな夜遅くに、何処かに行っていたの？」

「様は止めろ、兄貴にもつけてないだろ。俺が怒られる」

「終也は怒らないよ。怒っているところ見たことない」

「そりゃあ、あんたの前では怒らないだろ。人間様の真似事がしたいんだ、本当は醜《みにく》い化け物のくせに」

「綜志郎は、終也のことが嫌いなの？」

祝言のときから、綜志郎は終也に対しては否定的な言葉ばかり言う。終也が反論しないと分かっているのか、いつだって終也を貶《おとし》めようとする。

「いや？　それなりに好きだぜ。尊敬もしている。けど、俺と志津香が兄貴の肩を持ったら、母様が可哀《かわい》そうだからな。兄貴よりも、母様に優しくしているだけ」

「お義母様《かあさま》？」

「お義母様。それ、あの人の前では言うなよ、あんたのこと認めてないだろうから。祝言にだって顔を出さなかったのを忘れたのか？」

「具合が悪いのかなって。志津香も、病気だって言っていたから」

夫が亡くなってから、心を病んだ、と聞いている。

「志津香は優しいから、そう思いたいんだろ。べつに病気なんかじゃねえよ。いっそ病んじまった方が、楽だったろうに。……母様は、兄貴が当主となったことも認めていないんだ。だから、嫁なんて以《もっ》ての外《ほか》なわけ」

「終也ではなくて、綜志郎が当主になってほしかった？」

兄が気に入らないから、弟を当主としたかった。だから、義母は祝言にも現れず、いまだ真緒とも顔を合わせていない。

「そうかもしれねえけど、俺が当主になれないこともよく分かっている人だよ。俺、ほとんど人間らしいぜ。神様の血が顕《あらわ》れていないんだよ」

「神様の血？」

「俺たちには、神様と人間、両方の血が流れている。神様の血が強い奴もいれば、人間の血が強い奴もいる。当主となれるのは、神様の血が強い奴だ。糸を紡《つむ》ぐことのできる奴しか、当主にはなれない」

糸。糸を紡ぐ。神様の糸ではなく、神様の末裔《まつえい》――終也が糸を紡ぐという意味だ。終也は糸を紡ぐことが苦手と言ったが、できないとは言わなかった。

そもそも、五年前から真緒は知っている。終也にも糸が紡げることを。

「終也は神様の血が強いってこと？」

「先祖返りだからな。ここ百年くらいで、いちばん神様に近いのが兄貴だよ。だから、父親《しん》様が死んだとき当主となった。十年近く帝都にいて、ろくに帰らない長男だったのに。親戚《せき》連中、誰も逆らいやしない」

祝言に招かれた親族たちは、誰もが終也を恐れていた。終也が神様に近いから恐れていたのだ、と今ならば分かる。

彼らの恐れは、そのまま終也が当主たる理由になるのだ。

「あなたも逆らうつもりはない？」

「もちろん。当主の仕事なんて御免だね。自分の仕事で精一杯なんだよ」

「お仕事しているんだ」

夜更けに抜け出すくらいなので、あまり真面目《まじめ》な性質《たち》には見えなかった。

「俺が働いてない、みたいな言い方は止めろ。あんたが、何処まで一族のことを教えられているのか知らねえけど。……十織の糸って、特別な反物《たんもの》を織るときしか使わねえんだよ。神事のとき、他の神在に渡すとき、あとは帝に納めるとき。それ以外は、一族の連中が、ごく普通の糸を使って反物を織っているわけ」

綜志郎の言うところの《普通の糸》とは、品質の話ではないだろう。十番様の糸でも、歴代当主の糸でもなく、各地で生産されている糸を指している。

真緒は首を傾《かし》げる。

「でも、それだと十番様の力が宿らないよね？　魔除《まよ》けにならない」

「いいや？　十織の血族なら、普通の糸で織っても、機織を通して力を宿せる。かなり弱い力だけどな。十番様や、歴代当主の糸を使ったものには遠く及ばない」

特別なときは、十織の糸を使い、強力な魔除けの力を宿した反物を。それ以外は、普通の糸を使って、力が弱い反物を織っているらしい。

「そっか。だから、十織の反物は魔除けとして有名なんだね」

叔母《おば》は言った。十織の反物は魔除けとして有名で、各地から求められている、と。それらは、十番様や末裔の糸で織ったものではなく、一族の者が普通の糸で織ったものなのだろう。

それならば、魔除けとしては弱くとも、ある程度の数を生産できる。上質な糸を使った高級品ではあるのだろうが、神無《かみなし》の人々にも手が届く。

花絲《はないと》の街を歩いた日、終也が口にした言葉も理解できた。

『もちろん、十織家の人間以外が、ただの糸で織った物には、そのような効果はありませんけれど』

あの言葉は、十織の血族が織ったならば魔除けとなる、という裏返しだったのだ。

「俺は、歴代の当主様みたいに糸を紡ぐことはできない。でも、志津香みたいな一族の人間が織るための糸なら、余所《よそ》から引っ張ってくることはできる」

「それが、綜志郎の仕事なんだね」

十織の機織たちのために、余所に出向き、上質な糸を選んでくる。自由奔放《ほんぽう》に見えて、彼もまた、一族の人間として役目を果たしているのだ。

「綜志郎。そちらにいらっしゃるの？」

はじめて聞く声だ。ほとんど反射的に、真緒は振り返った。

廊下《ろうか》から庭を見下ろすように、女が立っていた。志津香よりも背が低く、真緒と変わらないくらい小柄だ。それなりに年を重ねているようだが、何処《どこ》となく少女らしさがあって、いやに若々しい印象だった。

「母様」

綜志郎のつぶやきに、真緒は女から目が離せなくなった。

「見たことのない、お嬢さんね。あなたの好いた方？」

「違う。兄貴の嫁だよ」

瞬間、彼女は眉《まゆ》をひそめた。

「あの化け物の？　悪いことは言いません。化け物の嫁など止めなさい。あなたが苦しむだけでしょう」

あくまで真緒の身を案じるように、彼女は言う。柔らかで優しい声色だったので、なおのこと恐ろしかった。

「化け物なんて、言わないで」

なぜ、腹を痛めて産んだ子どもを、ためらいなく化け物と呼ぶのか。

「お優しいのね。あれの本当の姿を知らないから、平気な顔をしていられるのでしょう」

「母様。なんで部屋から出てきた？　珍しい」

「宮中にいる者から、少し気になる話を聞いたのよ」

「宮中って。まだ帝都の中枢《ちゆうすう》に伝手《つて》があんのかよ。嫁《とつ》いで何年経っていると思ってんだ、いつまでも皇女気分じゃ困るぜ」

彼女は不機嫌そうに目をつりあげた。まるで、心外と言わんばかりに。

「昔馴染《むかしなじ》みがいるだけよ。どうやら、帝《みかど》が新しい衣を御所望《ごしよもう》らしいの、次の神迎《かみむかえ》でお召しになる」

綜志郎が顔色を変えた。

「冗談だろ？　帝に納めるべき反物は、父様が生きていた頃に納めた。十番様のお力は、百年は持つんだ。次に納めるのは、ずっと先の話だろ。神迎の衣？　あれを仕立てた反物は、母様がウチに降嫁《こうか》したとき納めたから、せいぜい二十数年しか経っていない。こんな早くダメになるはずがない」

「ダメになったから、新しい衣を仕立てるのよ。十織の反物が必要なの」

「十織の糸は特別だ。火災が起きたって燃えないような代物《しろもの》が、なんでダメになるんだよ。そもそも、次の神迎？　まだ生きるつもりか、いい加減くたばれよ」

「綜志郎。帝を悪く言うものではありませんよ」

「あんたの父親だから？　反物と引き換えに、あんたを降嫁させた男だぞ。子どもを作るしか能がない、帝位にしがみつく老人に、なに気を遣ってんだか」

「それでも、此《こ》の国で最も尊《とうと》き御方よ。帝が求めるのならば、応えないわけにはいかない。帝あっての神在なのだから」

「古くせえカビの生えた功績を称《たた》えて、何になる？　帝の祖が、此の国に神を与えた。それは本当だろうよ。だけど、今となっては、神は、神在の一族が所有するものだ。帝のものじゃない」

「何も持たぬ神無、神在ではない人々にとっては違うもの。帝がいるからこそ神がいて、此の国が守られる。神在の一族は、あくまで帝の下につくもの」

「そうかよ。でも、帝は神在がお嫌いだろ」

「ええ。だからこそ、帝の求めには応じなければならない。付け入る隙《すき》を与えてはならないこと、あなたにも理解できるでしょう？」

「神在が嫌いだから、断ったら、十織のことも取り潰すつもりか。ああ、取り潰しまでは無理でも、弱みを握っておきたいってとこか？　誰のせいか知らねえけど、兄貴がまともな糸を紡げないってこともバレているんじゃねえの」

「私が、帝に話したと？」

「あんたは十織に嫁いだせいで、兄貴みたいな化け物を産むことになったんだ。恨んでいるだろ、この家を」

「おかしなことを言うのね、私は化け物を産んでなどいない。私の子どもは、志津香と綜志郎の二人だけよ」

彼女は踵《きびす》を返した。鮮やかな袿《うちき》の色が、妙に頭に残った。その鮮やかさが、彼女の痛烈な印象とあいまって、いつまでも頭から離れなかった。

「あいかわらず怖えな、氷の女かよ。さすが薫子《かおるこ》様」

「薫子？」

「母様の名だよ。若いときは、そりゃあ愛らしくて評判だったらしいが、求婚者をことごとく袖《そで》にするので有名だったんだ。気位《きぐらい》が高くて、誰にでも冷たい……つうか、悪い話をするだけして帰りやがって」

神迎の衣。それを仕立てるための反物を、十織が納めなくてはならない。

（でも、本当なら納める必要がないもの。志津香も、そう言っていたのに。どうして、帝はそれを求めるの？）

真緒にとっての帝は、遠い、雲の上にいるような人物だった。その雲の上にいた存在が、急速に近づいてきたように思えた。

『いちばん偉くて、いちばん恐ろしい御方よ』

志津香の言葉が、不吉な響きをもってよみがえった。帝が、此の国で最も恐ろしい存在ならば、十織に突き付けられた要求も、恐ろしいものかもしれない。

もしかしたら、十織の命運を左右するような、そんな話なのではないか。

真緒は小袖の襟元《えりもと》を摑《つか》んで、ぎゅっと握る。

十織の一族にとって、良くない出来事が起こる。そんな風に思えてならなかった。

四.

終也《しゅうや》の母、薫子《かおるこ》と顔を合わせてから数日後。彼女の言ったとおり、十織《とおり》家には宮中からの正式な遣《きょうじ》いが現れた。

(恭司様だ)

六久野《むくの》恭司。仕事で花絲《はないと》の街を訪れていたという、終也の学生時代の友人だ。彼は真緒《まお》を見るなり破顔《はがん》する。

「街で会って以来か？　奥方」

「うん。あの、今日はどうしたの？」

「仕事だな。先ほど、終也と会ってきたところだ。話さなかったか？　俺は帝《みかど》の使い走りのようなものだ、と」

「神迎《かみむかえ》の衣？」

恭司は帝の遣いとして、正式にその話を持ってきたらしい。

「奥方の耳にも入っていたのか。薫子様が先に情報を掴んでいたのか？　春までに、衣を仕立てるための反物《たんもの》を納めるように、だと」

「春って。もう、あまり時間が」

もう冬の真中も過ぎた。春など、すぐに訪れてしまう。

「十織の機織《はたおり》なら、それくらいできる、というのが帝のお言葉だな。実際、終也の親父殿《おやじどの》なら、それくらいのことは熟《こな》して見せた」

恭司が当たり前のように言うので、真緒は絶句する。

「でも、本当なら、まだ納めるものじゃないって！」

十番様《じゅうばんさま》の力は長持ちする。先代のときに帝に納めるべきものはすべて納めているのだから、いま新たに納める必要はない。

「帝が理不尽なのは、今に始まった話ではない。あの御方は神在《かみあり》がお嫌いだから、いつだって足を掬《すく》ってやろう、という気持ちでいる。そのために、あんな老いさらばえてまで、帝位にしがみついているくらいだ」

あからさまな不敬《ふけい》に、真緒はますます何も言えなくなる。宮中に出仕している人間が、仕えるべき主人を貶《おとし》めるのは問題だ。

「どうした？　急に黙り込んで。具合でも悪いのか？　奥方は俺と違って、いかにも弱そうだからな」

「……終也とは、お友達なんだよね？」

「もちろん。学舎《まなびや》で苦楽を共にした友人だ。まあ、馬が合わなくて、時に大けがするほどの喧嘩《けんか》もしたが」

「お友達の危機なのに、どうして、そんな風に笑っていられるの？」

恭司が持ってきた報せは、十織にとって悪いものだ。かつての終也の言葉を借りるならば、悪い縁にあたる。

「神在は、いずれ亡《ほろ》びるものだ。そこに在るだけだった神を、此《こ》の国に留めるために所有した。それが神在の始まりだった。だが、人間ごときが神を所有するなんて、いつか無理が出る。人間の営《いとな》みの外に、神は在るものだから」

「違うよ。神様は、わたしたちと一緒に生きている」

だから、十番様は糸を授けてくれる。遠い昔に愛した機織と、十番様の末裔《まつえい》である十織の一族を今も見守ってくれているのだ。

「一緒に生きているのならば、どうして神は去った？　奥方は知らないのか。此の国にはもう、国生みのとき生まれた一番から百番までの神々は、半分も残っていない。遅いか早いか、いずれ此の国から神は去るんだ。……終也は言わなかったか？　俺は神在ではなく、正確には神在だった男だ」

「あなたの家は、亡《ほろ》んだ？」

過去形で語るのは、今はもう神在ではないからだ。

「今上帝《きんじょうてい》の機嫌を損《そこ》ねて、な。ひどいものだった。忘れもしない。奴らは男どもの頸《くび》を刎《は》ねて、泣き叫ぶ女たちを攫《さら》い、子どもたちの背中からは翼を奪った」

まるで背中が痛むように、恭司は目を伏せた。その背には、かつて本当に空を飛ぶための翼があったのだろう。

「守るべき家は亡び、民は散り散りとなり、土地は焼かれた。そうして、俺たちの神――六番様《ろくばんさま》は、此の国から飛び立った。残された血筋のことなんて嘲笑《あざわら》うように」

恭司が語ったのは、ことの上澄《うわず》みだけだろう。彼の家が亡ぼされたとき、語ることもできないほどの惨《むご》たらしい出来事があった。

今上帝は、それを行うだけの強大な力と、神在への嫌悪を持っている。お前たちも同じ道を辿《たど》る、と恭司は突き付けてきた。

「十織は亡びないよ。同じ道をたどるって、決まったわけじゃない」

「どうだか。そう運命づけられているかもしれない」

真緒は首を横に振った。

「十番様は、縁を司《つかさど》る神様だよ。だから、十織はそんな悪縁、きっと断ち切れる」

恭司は口元に手をあてながら、ううん、と唸《うな》った。

「意外と強いな。終也と同じように弱虫で、細い神経をしていると思ったんだが。見かけによらず、案外、図太い娘なのか？」

「……!?　よ、弱虫？」

「あれはダメだ。かなり神経質で、不安定な男だぞ。引きこもりだから、カビが生えそうなくらい陰気だ。俺が女ならば、あんな男に嫁《とつ》ぐことだけは拒否する。だいたい、執念深いんだ。しつこくて、ねばねばしているところは好かない」

「ね、ねばねば?」

恭司の言っていることが、まるで理解できなかった。

「気が合わないんだ、もともと。それで何回か殴《なぐ》り合いになっている。あれの悲観的な生き方も、こう、傍《はた》から見ていると苛々《いらいら》する。何も失っていないくせに、何を不貞腐《ふてくさ》れているのか分からん」

「終也は！　優しいし、綺麗《きれい》だし、しっかりしているし！　立派な人だもん」

「俺の知らん男のことを話しているのか?」

「知らない男の人のことを話しているのは、恭司様の方でしょ!?」

大声をあげた後、真緒は自分の口元を覆《おお》った。門の近くとはいえ、邸《やしき》の使用人たちは、あちらこちらにいるのだ。女中たちにでも聞かれたら、また十織家に相応《ふさわ》しくないことを、と思われてしまう。

志津香《しづか》に認められた今も、細々とした嫌がらせは続いているのだから。

「なんだ。本当に、終也を好いているのか?　無理やり攫われたようなものだろうに」

「いろんな人が、そういう風に誤解しているけれど。自分の意志で、ちゃんと終也の手を取ったよ」

差し伸べられた手は、暗闇に垂らされた糸だった。五年前も、迎えにきてくれたときも、その糸を摑《つか》んだのは真緒だ。

「では、不幸な結果にならないことを祈っていようか」

恭司はひらひら手を振って、十織の邸宅を後にした。

◇◆◇◆◇

終也は苦笑する。目の前には、あからさまに不機嫌そうな妹がいる。

こういった幼さを見せるのは家族の前だけと知っているから、怒るに怒れなかった。離れて暮らしていた期間は長いが、それでも終也と志津香は家族である。たとえ、それが普通の兄妹というには歪《いびつ》だったとしても。

「神迎の衣について、ですか？」

妹が訪ねてきた理由は分かっていた。昼間、恭司が来ていたことも、おおかた把握《はあく》しているのだろう。

「母様が、自分の持っている筋から、先に情報を摑んでいたようなのです。綜志郎《そうしろう》が教えてくれましたよ」

「驚かないのね」

「母様、まだ宮中に伝手《つて》があるの？　嫁いでから二十年以上も経っているのに」

終也たちの母である薫子は、もともと皇女の身であった。今上帝は多くの子を生《な》したが、そのなかでも寵愛《ちょうあい》の深い娘だったと聞く。嫁いだ皇女に、帝が何かしらの伝手を残していたとしても、終也は驚かない。

「そもそも、恭司が花絲《はないと》の街に来たのは、仕事が理由でしたから。そのうち悪い報せが来ることは分かっていました」

六久野恭司は、帝の使い走りと自称するが、要は勅使《ちょくし》なのだ。そして、彼が運ぶ報せが吉報とならないことは、神在にとって周知の事実だ。帝もたいそう悪趣味なことだった。亡ぼされた神在の男に、他の神在への悪い報せを運ばせるのだから。

その背に翼を持っていた男は、いまは翼を奪われ、地を駆けずり回っている。神在る者たちに、神を奪われた末路を見せつける。次に奪われるのは、お前の番だ、と。

「それで？　詳しい話は何だったの」

「御所望《ごしょもう》の品は、当代──僕が紡いだ糸で織った反物、だそうです」

志津香は息を呑《の》んだ。一つ年下の妹は、終也が糸を紡ぐことが苦手――正確には、醜《みにく》い糸しか紡ぐことができないと知っていた。

「どうするの。兄様の糸から織ったところで、帝はお気に召すかしら?」

「無理でしょうね」

終也の紡ぐ糸は醜い。

先代であった父が紡いだ糸。その糸で織った反物は、皇女だった母を降嫁させるほどの価値があった。

だが、終也の糸から織ったものでは、何かを与えられるどころか、奪われてもおかしくはない。帝の御前に晒《さら》すだけで、下手《へた》すれば不興を買うかもしれない。

「神様は、よほど僕のことがお嫌いのようです」

「むしろ大好きでしょう。兄様は誰よりも神様に愛されてしまった。だから、母様は病んだのよ。兄様の、ような……」

「僕のような化け物を産んでしまった、と?」

痛ましいものから目を背けるように、志津香はうつむく。

志津香は、終也のことを化け物と呼び、拒《こば》み続ける母のもとで育った。だから、終也を化け物と呼ぶのをためらいながらも、心の何処《どこ》かで恐れているのだ。

「そんな顔をしないでください。僕が化け物であることなんて、一族の者ならば、皆が知っていますよ」

「……義姉様《ねえさま》は知らないでしょう。十織に嫁ぎ、十織の人間になったのに」

「真緒？」

「どうせ、兄様は、あの子には都合の良いことしか話していないのでしょう？　とても不誠実よ。嫁に取るときだって、ずいぶん強引だったみたいじゃない。あの子はずっと閉じ込められていたのだから、丸め込むのなんて簡単だったでしょうね」

「何もかも話したら、あの子は僕を拒むでしょう」

「なら、ずっと隠し通すつもり？　無理よ。兄様のしていることは、あの子を閉じ込めていた人たちと何が違うのかしら？」

「一緒にしないでください」

「一緒よ。自分にとって都合の良いことだけ教えて、都合の良いように操っている。兄様は、そのことに罪悪感も抱いていないんでしょう？　そんなものを愛情だなんて、私は呼びたくない」

「僕の愛が間違っている、と？　こんなにも、あの子を愛しているのに」

「間違っている。……私には、兄様の愛が理解できない。私は兄様と違う。ちゃんとした人間だもの！」

叫んでから、はっとしたように志津香は目を逸《そ》らした。

神在としての血が薄く、ほとんど人間と変わらない妹は、終也のことを自分とは別の生き物と思っている。

「僕だって。望んで、こんな風に生まれたわけではありません。神様の血なんて、僕は要らなかったんです。君の言うとおり、ちゃんとした人間になりたかった」

終也は痛みを堪《こら》えるように、きつく拳を握る。

幼い日の記憶が、走馬灯《そうまとう》のように駆け巡る。頭の奥で、母親の声が響くのだ。こっそり抜け出して、まだ小さかった弟妹に会いに行ったとき、母と鉢合《はちあ》わせてしまった。

彼女は終也を見るなり、終也のことを突き飛ばした。

『化け物！　私の子たちに触らないで』

恐怖に震えた叫びは、幼い女の子のようだった。母は、心の底から、終也に怯《おび》えていた。怯えながらも終也を突き飛ばしたのは、我が子――志津香と綜志郎が、終也という化け物に傷つけられると思ったからだ。

（母様。あなたにとって、僕は息子ですらないのですね）

腹を痛めて産んだ我が子のなかに、はじめから終也はいなかった。母は、終也という化け物を産んだことを、生涯《しょうがい》、認めることはない。

「兄様」

怯えるような、志津香の声がした。顔立ちは父親と似ているのに、怯える声は母とそっくりだった。

「ねえ。本当に、義姉様のこと、どうするつもりなの？」

怯えながらも、気丈に話を続ける志津香は、真緒のことを心配していた。終也がそうだったように、妹もまた、真緒に心惹かれたのかもしれない。

「……真緒には、いちばん幸せになってほしい。幸せになるべきだと思っています」

「兄様の隣で？　でも、あの子のことを守れるの？　神迎《かみむかえ》の衣を仕立てるための反物《たんもの》を、帝に献上できなければ、十織は弱い立場になる。御家《おいえ》が取り潰されるか、取り潰されなくても、酷《こく》な要求をされるでしょう。帝は、神在がお嫌いなのだから」

恐ろしいほど在位が長くなってきた今上帝は、神在を敵視している。隙《すき》あらば、足を掬《すく》って亡《ほろ》ぼすか、亡ぼさなくとも支配下に置いてきた。

国生みのとき一番から百番まで欠けることなく存在した神々は、時代の流れによって、半分以上、此《こ》の国から去った。そこに追い打ちをかけるように、神の数を減らそうとしたのが、今上帝であった。

「私は良いのよ、十織の家に生まれたのだから、十織と運命を共にする。最初から強い縁で、この家に結ばれている。でも、義姉様は？　兄様が手を放せば、縁を切ってやれば、まだ十織から逃がしてやれるでしょう」

「酷《ひど》いことを言う。ようやく結んだ、あの子との縁を切れと？」

五年前、真緒と出逢《であ》った夜。終也は、彼女と縁を結ぶことができなかった。

真緒の閉じ込められていた工房に迷い込んだのは、偶然だった。そして、あのときの終也は、まともな精神状態ではなかったから、彼女の工房が何処にあるのか把握《はあく》できなかった。

終也には、彼女の居場所が分からなかったのだ。

だから、五年間、ずっと探していた。ようやく迎えに行くことができた少女を、何故、自分から逃がしてやらなくてはならないのか。

「兄様が手放してあげることが、いちばん幸せになれるのではないかしら。あの腕があるのなら、十織でなくても引く手数多《あまた》よ。花絲は機織の街なのだから」

終也が黙り込むと、志津香は重たい溜息をつく。

「どちらにせよ、先延ばしできる話でもないのよ。どうするか、兄様が決めるの。あなたが当主なのだから」

志津香はそう言って、部屋を出ていった。妹のまなざしからは、最後まで怯えが消えることはなかった。

だから、終也には、自分の姿が揺らいでいることが分かった。

(帝に納める反物。十織の糸で織った反物ならば良かった。歴代の当主たちが遺《のこ》した糸がありますす。この前に授かった、十番様の糸を使っても良いでしょう。でも、僕の糸で織ったものならば、それは)

帝が求めているのは、あくまで終也の糸から織ったものだ。他の者が紡《つむ》いだ糸で織ったところで、求めるものではない、と怒りを買うだけだ。

帝の要求に応えるならば、帝が気にいる糸を、終也自身が紡ぐ必要があった。

『お前の紡ぐ糸は、いつも真っ黒だね』

目を伏せると、亡き父の声がする。

先祖返《せんぞがえ》りとして生まれてしまった息子を、父は気にかけていた。五歳で帝都に遣《や》られる前も、母のいないところでは、ずいぶん構ってくれたものだ。

『父様も、僕の糸は醜い、と言うの？　母様みたいに』

終也の糸は夜闇のように真っ黒だ。母が、あれは心までも醜い、と父に訴えていたことを、終也は知っている。

『僕だって。僕だって、父様みたいに美しい、綺麗《きれい》な糸が紡ぎたいのに』

綺麗な糸を紡ぐことができたら、母は終也を見てくれるだろうか。終也のことも、腹を痛めて産んだ子どもとして認めてくれるだろうか。

『いつか。いつか、お前が恋をしたとき美しい糸になるよ。俺がそうであったように』

そう言って、父は優しく頭を撫《な》でてくれた。

「父様。でも、恋をしたのに、僕の糸は醜いままです。あの頃と変わらない」

だから、真緒を土蔵に案内したとき、終也は隠してしまった。土蔵の一角に、幼い頃、終也が紡いだ糸があったことを。

他の美しい糸と比べられてしまうことが、怖くて、怖くて堪《たま》らなかった。

（僕にはできない。帝が気に入るような糸を紡ぐことは）

そう思った瞬間、ぞわり、と背筋が粟立《あわだ》つような悪寒《おかん》が強まった。

——化け物。

遠い日の母の声が、ぐわん、と鐘のように響く。

身体《からだ》が心に引き摺《ず》られる、肌という肌がひび割れて、ぱき、ぱき、と骨が折れるような音とともに、自分の輪郭《りんかく》が砕《くだ》けてしまう。

（ダメだ。僕は醜い。だから、醜くない姿をとらなくてはいけないのに）

小さな子どものように、終也は自分の身体を抱きしめた。

◇◆◇◆◇

恭司が邸《やしき》を訪れてから、十日が経った。

あの日を境とするように、終也と会えなくなった。時間を見つけては、真緒の工房を訪ねてきてくれた人は、ぱたり、と顔を出さなくなったのだ。

忙しいのかもしれない、と思ったのは最初だけで、日を追うごとに不安が募《つの》った。

終也を探して、真緒は邸を歩く。いつも過ごしている工房を離れるのは心細かったが、待っているだけでは、終也に会うことはできないと思った。

十織の邸は、街を見下ろす表側と、十番様のおわす森に面した裏側で、がらりと雰囲気《ふんいき》が異なる。古くから続く家を改修しながら使っているためか、時代が入り混じったような不思議な造りをしているのだ。

表側には、外《と》つ国《くに》の文化を取り入れた新しい様式の部屋が、裏側には昔ながらの板敷や畳《たたみ》敷きの部屋が多い。

「志津香。終也を知らない？」

神様のおわす森の近く、邸の裏側に志津香の部屋はある。機織をしていた彼女は、真緒に気づいて顔をあげる。

「兄様？　残念ながら、こっちには来ていないわ。あの人は機織の音が苦手だから、私が織っているときは近づいてこないの。あなたが織っているところに顔を出すのが、例外なのよ」

「そうなんだ。何処《どこ》にいるのか知っている？　もしかして、具合が悪いとか？」

「……いいえ。具合は悪くないわ」

言い淀《よど》んだ志津香は、終也が姿を見せない理由を知っているのだ。

「じゃあ、お仕事？　遠くに行っているとか」

「ずっと邸にいるわ。兄様のことを探しているのなら、お止めになって」

「終也が、わたしのこと嫌いになったから？」

「違う！」

志津香は、弾かれたように顔をあげた。その顔は終也と瓜二《うりふた》つで、ますます彼に会いたい気持ちが募った。

「違うの。兄様は、きっと義姉様に会いたいのよ。でも、会えない」

「どうして？　わたしも会いたいのに」

「怖いの、義姉様に拒《こば》まれることが。あの人は、義姉様に大事なことを隠していたの。それが明らかになるから、いまは会えないのよ」

真緒はゆっくりと首を傾《かし》げる。

「知っているよ、何か隠していたのは」

「え？」

「終也は、幸せなことしか、わたしに教えたくないんだと思うの。だから、怖いことも、痛いことも隠しちゃう。それくらいのことは、さすがに分かるよ」

幽閉《ゆうへい》されていた平屋から連れ出された日、真緒は終也と祝言《しゅうげん》を挙げた。あまりにも性急で、あまりにも真緒への説明が足りなかった。真緒が混乱しているうちに、終也はすべての事を済ませてしまった。

だが、そのことを責める気持ちはなかった。隠し事が何であれ、終也が真緒の幸福を祈り、真緒に優しいものだけを見せようとした気持ちは本物だ。

「隠すことは、悪いことなのかな。隠し事があっても、終也が優しくしてくれたことも、素敵な名前をつけてくれたことも、なかったことにはならないよ」

「とても！　とても、恐ろしい隠し事であっても？　きっと嫌な思いをする」

「嫌なことがあったとしても、素敵なことがダメになるわけじゃないって、いまのわたしは知っているの。……この先、とても苦しくて、嫌なことがあったとしても。終也のこと好きだなって思った気持ちは、なかったことにならないよ」

終也を思うと、胸の奥が温かくなる。凍えるしかなかった頃と違って、彼がいるだけで寒さが消えるのだ。

この温かいものは、真緒の生涯を通して消えることはない。

「会いたい？　兄様と」

「会いたい。終也は、わたしに優しいものだけを見せたいと思っている、その気持ちは嬉しいけれど。それで終也が苦しむのは嫌なの」

「義姉様は強いのね。……私たちは、兄様のことを心の何処かで恐れてしまうの。だって、私たちと兄様は違うんだもの。あの人は、いつだって人間の真似事《まねごと》をしているだけ。怖いわ。人ではないものが、人の振りをして、人にまぎれて隣で生きているんだもの」

兄として慕いながらも、心の奥底では恐れているのだ、と志津香は吐露《とろ》した。

きっと、終也は生まれたときから今に至るまで、人間の輪から弾かれてきた。終也が、人間のなかで生きていくために努力するほど、周囲は彼を遠ざけた。

あれは自分とは別の生き物、理解できない神様のような男だ、と。

「志津香は、そう思うんだね。でも、わたしは終也を怖いと思ったことはないの」

独りきり、ずっと閉じ込められていた真緒だから、その孤独に自分を重ねてしまう。真緒の歩んできた道も、終也の歩んできた道も、まったく同じものではないと分かっていながら、彼の孤独を思わずにはいられない。

寒くて、凍えそうな心を抱えていたのは、きっと終也も同じだった。

（でも。わたしは、もう寒くないから）

終也が迎えに来てくれた日から、否《いな》、終也と出逢《であ》った夜から、真緒の胸には優しい光があった。暗がりに射した一条の光が、美しい蜘蛛《くも》の糸が、凍える心を温めてくれた。

今度は、真緒が終也のことを温めてあげたい。もう寒くないんだよ、と教えてあげたかった。いつも優しいことばかり教えてくれた男に、真緒もまた、優しいことを教えてあげたいのだ。

「義姉様の目には、兄様が、どんな風に映っているの？　その目があったら、私たちも、兄様のことを恐れずにいられたのかしら」

志津香は泣き笑うと、祈るように真緒の手を握った。

志津香が案内してくれたのは、邸の離れであった。

「ここって」

化け物が閉じ込められていた、と若い女中が言っていた場所だ。そして、終也が近づかないでほしい、と話していた場所でもある。

「小さな頃、兄様が暮らしていた場所よ。母様から引き離すために、父様がそうしたの。五歳で帝都に送られるまで、兄様はずっと、この離れで過ごしていた」

真緒の脳裏《のうり》に、小さな男の子の姿が浮かんだ。家族の輪から弾かれて、寂しげに離れで過ごす男の子がいたのだ。

もし、過去に行くことができるならば、独りきりの男の子を抱きしめてあげたかった。それができないならば、今からでも力いっぱい抱きしめてあげるのだ。

志津香がオイルランプを渡してくる。

「義姉様には、必要ないかもしれないけれど。……本当は、暗がりでも見えてしまうのでしょう？　あなたの目は特別だから」

「分かるの？」

「綜志郎から聞いたの。冬の天《あま》の川《がわ》が、はっきり見える、と。なら、暗いところでも、ある程度は見えているんじゃないかしら、と思ったのよ。いってらっしゃい、兄様のことお願い」

真緒は頷《うなず》いて、志津香からオイルランプを受け取った。志津香の手は、かすかに震えていた。この先にいる兄を恐れるように。

真緒は迷いなく、暗闇に包まれた離れに入る。

冬の空気に侵された離れは、吐息が凍りつきそうなほど寒かった。こんなところに十日以上も終也がいると思うと、真緒の胸はぎゅっと締めつけられる。

廊下《ろうか》を進んで、奥の部屋に辿《たど》りつく。きっと一番奥の部屋に潜んでいると思った。はじめて会ったときの彼が、暗がりに身を隠したように。

「終也」

部屋を覗《のぞ》き込むことはせず、まずは声をかける。しばらく返事はなかったが、やがて震える声がした。

「どうして。ここに来てしまったのですか」

「会いたかったから。そこにいるの？」

「見ないでください！　来ないで、どうか。僕は、とても醜《みにく》いから。きっと君を怖がらせてしまう」

懐かしい言葉だ。五年前、工房の暗がりで出逢ったときも、終也は同じことを言っていた。あのとき、はじめての《お客さん》が嬉しくて、嫌われたくなくて、彼の姿を見ることを諦めた。

だが、今は諦めてはいけない。いま諦めたら、永遠に終也を失ってしまう気がした。

「怖がらないよ」

「嘘です」

「嘘じゃないよ。終也が、どんな姿だって怖くない。……五年前だって、同じように思っていたんだよ」

優しく声をかけてくれた男の子だった。どのような姿であっても、きっと好きになってしまうと思った。あの夜に感じた想いは、今も変わっていない。

志津香から預かっていたオイルランプを、暗がりにかざした。部屋のなかが、ぱっと明るくなったとき、真緒の予想しなかったものが露わになる。

夜に融《と》け込むような大蜘蛛が、部屋の隅に潜んでいた。

細長い足を器用に折りたたんで、まるで毬《まり》のように身を縮こまらせている。宝石を嵌《は》め込んだような、いくつもの緑の瞳が、真緒を映していた。

すぐに分かった。姿かたちが違っても、この大蜘蛛が終也であることが。

真緒は飛びつくように、終也へと駆け寄った。

「会いたかった。良かった、心配したの。具合が悪くなっていたら、って。ううん。わたしのこと嫌いになったから、会ってくれないんじゃないかって」

「嫌いになんて！　嫌うとしたら、それは。それは君の方でしょう？　こんな醜い姿、君にだけは見られたくなかった！　僕は。僕は、君をずっと騙《だま》していたんです。普通の人間みたいな顔して、君の隣で笑っていた。本当は、こんな。こんな醜い化け物なのに」

「綺麗《きれい》だよ」

「止めてくれ。綺麗なわけない。僕は醜いんです」

「綺麗。あなたが一番綺麗で、優しいことを知っているよ。五年前も、今も。何も変わらないし、何も損《そこ》なわれたりしないの。ねえ、触れても良い？」

　返事はなかった。だから、真緒は手を伸ばした。

　大きな頭を抱きしめてから、眼の横に口づけた。宝石みたいに輝く緑の瞳は、人間の姿であるときと変わらず、優しいものだった。むしろ、人間のときは二つしかないから、たくさんの眼で優しく見つめられることが贅沢《ぜいたく》に感じられる。

「怖くないのですか、僕が」

「終也は怖いことを何もしなかったよ。だから、怖くないの。……本当の化け物は、醜いものは、怖いことをする人たちのこと。叔母様《おばさま》たちみたいに。あの家の人たちのことを、今は醜いって思うの」

幽閉されていた頃のことを思い出すと、胸がひどく痛む。

十織家に迎えられて、終也に大事にされるほどに、あの頃の自分が虐《しいた》げられていた事実を理解してしまう。辛《つら》くない、痛くない、と思いたくても、当時の自分が傷つき、痛めつけられていたことを自覚してしまった。

真緒は、血のつながった人たちから虐げられてきた。怖いことをされてきたのだ。

「終也は違うよ。怖いことから遠ざけてくれた、優しいものだけ見せようとしてくれた。それが嬉しかったの。終也は綺麗なの、美しいの。あなたが、それを知らなくても、わたしは知っているから」

やはり、二人は似ているのかもしれない。自分の姿を知らなかった。ずっと、醜いものと思い込んでいた。孤独のなかで生きていたから、誰かの優しい目を知らなかったから、自分の姿が分からなかったのだ。

「わたし、終也のことが知りたい。どうして、自分を醜いなんて言うの？」

この人は、自分のことを醜いと思い込んでいる。その思い込みを正さない限り、どれだけ真緒が言葉を尽くしても、終也には響かない。

「僕は先祖返《せんぞがえ》りでした。神様の血が濃い。だから、どうしても姿かたちが神様に寄ってしまうときがある」

十織の神は、十番目の神様。糸を紡《つむ》ぎ、縁を司《つかさど》る大蜘蛛だった。

終也は、そうして過去を語りはじめた。

◇◆◇◆◇

十織終也が生まれたのは、二十年前の春のことだった。

遅咲きの椿《つばき》が、庭を真っ赤に染めゆく頃、十織に嫁《とつ》いだ皇女――薫子は、待望の長男を産むことになった。

しかし、三日にも及ぶ難産の末、取りあげられた赤子は産声《うぶごえ》をあげなかった。お抱えの医師は、薫子に何も言うことなく、すぐさま赤子を連れていこうとした。

「ねえ。私の可愛《かわい》い子の、顔を見せて」

御産に付き添った者たちは、薫子の信頼する乳母も含めて、互いに顔を見合わせた。皆が皆、青い顔をしていたことを、薫子は不思議に思った。

(私と、あの人の子ども。きっと玉のように愛らしくて、美しい子よ)

長時間におよぶ出産で、息も絶え絶えになりながらも、薫子は譲《ゆず》らなかった。どうしても、我が子の顔を見たかった。

「ねえ。どうして、産声が聞こえないの？」

出産による消耗《しょうもう》で、薫子の耳が聞こえなくなっているのだろうか。それとも、赤子は本当に声をあげておらず、危険な状態にあるのか。

一瞬にして、あらゆる不安が、薫子の中を駆け巡った。

「見せて！　会わせて。私から取り上げるつもり!?」

「奥様。いま旦那様《だんなさま》が参りますから。御子は私どもが預かりますわ」

「預かる？　なんで。私の子よ。どうして見せてくれないの？」

薫子は、いつ思い返しても、どうして、そのような行動に出たのか分からない。疲労で動かない身体《からだ》に、わずかでも力が残っていたことが不幸の始まりだった気がする。

薫子は両手をついて、跳ねるように起きあがった。顔を見合わせていた医師たちから、おくるみに包まれた我が子を、ひったくるようにして奪ったのだ。

そうして、薫子は絶望した。

おくるみのなかにいたのは、我が子ではなく、醜く、悍《おぞ》ましい化け物だった。

八本の足を折りたたみ、まるで鞠のような形をした蜘蛛がいた。愛らしい赤子はおらず、八つの緑色の瞳が、薫子を映している。

悲鳴をあげることもできず、喉《のど》の奥が引きつったように絞《しぼ》られる。

その後のことを、薫子はよく憶えていない。何年経っても思い出すことができない。ただ、駆けつけた夫が、化け物を床に叩きつけようとした薫子を止めたことは、宮中からついてきてくれた乳母から聞いた。

気づいたら、薫子は床《とこ》についていた。

「薫子さん」

夫は憔悴《しょうすい》した顔で、横になった薫子を覗《のぞ》き込む。夜を融《と》かしたような黒髪に、翡翠《ひすい》の瞳をした人は、化け物ではなく、美しい青年の姿をしていた。

「私、夢を見ていたのかしら？　あなたの子を産む夢を」

「……夢ではないよ。あなたは、大事な十織の跡取りを産んでくださった。一族は祝いの準備を始めている。あれほど神様の血が濃い子は、ここ百年は誕生していない。先祖返りだろう、と」

「でも。でも、私。私の赤ちゃんを見ていないの」

三日にもおよぶ難産だった。痛みに呻《うめ》きながらも、ずっと我が子に会いたい、と願い続けて、耐えてきたのだ。

それなのに、薫子は可愛い赤子の姿を見ていない。

「いいえ。あなたは、俺たちの子に会っている」

「嘘よ。だって、あんな。あんな、悍ましい」

「神様の血が濃いから、神様の姿で生まれてきてしまったんだ」

「私の胎《はら》から、化け物が産まれたって言うの？　私と、あなたの子よ!?　あんな化け物であるはずがない。何かの間違いよ。私のことを騙しているの？」

「……名前は、何にしようか？」

「違うと言っているでしょう!!　私は、あのような子を産んでいない！　名前？　醜い化け物に、どうして名前をつけなくてはならないの。……っ、ああ、そうよ。きっと、取り換えられてしまったの、攫《さら》われてしまったの。私と、あなたの子が、あんまりにも愛らしいから。だから、醜い化け物と取り換えられてしまったのよ」

夫は痛ましいものを見るかのように目を伏せた。

「我が子だよ。だから、名前をつけなくてはならない。あの子は、祝福されて生まれてきた。神様に愛されたんだ」

薫子には、夫が何を言っているのか理解できなかった。いつも優しく、真綿でくるむように愛してくれる男が、こんなにも残酷《ざんこく》なことを言うはずがない。

あれは我が子ではない。あんなものが腹を痛めて産んだ子どもであるものか。

「醜《しゅう》」

夫は眉《まゆ》をひそめた。

「醜《みにく》いと書いて、醜、よ。化け物ならば、化け物にふさわしい名前をつけるの。間違っても、私とあなたの子どもではない、と誰にでも分かるように示すのよ。だって、愛《いと》しい我が子には、そんな酷《ひど》い名前をつけないもの」

すがるように、薫子は夫の袖《そで》を摑《つか》んだ。そうしなくては、心が折れてしまう、と誰よりも自分自身が分かっていた。

皇女として宮中に囲われていた薫子は、本当の意味で《神在《かみあり》》というものを理解していなかった。神様を所有している、神様の血を継いでいると言われても、夫は人間にしか見えなかった。

夫の血が、薫子に化け物を産ませたなど、どうしても思いたくなかった。

嗚咽《おえつ》する薫子を、夫は強く抱きしめた。背中を撫《な》でる手は、まぎれもなく愛した男のものであったのに、どうしてか震えが止まらなかった。

庭の椿が美しい、二十年前の春のことだった。

◇◆◇◆◇

生まれたとき、僕は蜘蛛《くも》の姿だったのです。

自らが生まれた日のことを語り、終也は八本の足を揺らした。この大きな蜘蛛を、そのまま赤子の大きさに変えた姿で、彼は此《こ》の世に生を享《う》けた。

「憶えていますか？　終也という名は、もともと別の字を使っていた、と言ったことを。醜いと書いて醜《しゅう》。それが母のつけた名でした。憐《あわ》れに思った父は、その字を変えて、別の字を足すことで願いを込めた。終也――終《お》わりに、断定の意味を込めて也《なり》。僕みたいな醜い子が、僕で終わりとなるように」

生まれた瞬間、次に繋《つな》がることを否定された名前だ。お前など生まれるべきではなかった、お前の命は間違っている、と言われたも同然だった。

「終わりになったでしょう？　志津香も、綜志郎も、神様の血が薄かった。僕みたいな化け物として生まれなかった」

ひとつ年下の姉弟を見ながら、幼い日の終也は何を思っただろうか。終也が求めても手に入らない母の愛情を一身に受け、我が子として認められる存在は、終也の心をずたずたに引き裂いたはずだ。

「僕が人の姿をとれるようになっても、母様は、僕を拒《こば》みました。五年前、父様が事故で亡くなったときが、いちばん酷かった。僕が父様を殺した、なんて妄想にとり憑《つ》かれて。

……父様が死んで、花絲の街に呼び戻された夜。眠っていた僕のうえに母がいたんです。細い指で、ぎゅうっと僕の首を絞《し》めていた」

真緒は息を呑《の》んだ。まだ幼さの残る少年に伸《の》し掛かって、首を絞めている女の姿が、ありあり想像できたのだ。

「身体や心が弱ると、僕は神様に近い姿になってしまう。五年前、母に殺されかけたことで、僕は蜘蛛の姿となり、邸《やしき》から飛び出したのです。暗闇のなか、息をひそめて、誰にも見つからない場所を探して逃げ惑った。怖くて、寒くて、心が真っ暗になったとき――機織の音が、聞こえました」

そこで、ようやく真緒は気づいた。

「だから、わたしの閉じ込められていた工房に来たの？」

暗がりに現れた、最初で最後の《お客さん》だった。織り機を動かしていた真緒のもとに、優しい男の子は現れた。

「君は、僕の糸を綺麗《きれい》、と。美しい、と言いましたね。こんな真っ黒な糸なのに」

オイルランプの明かりに、黒く見える糸が浮かんだ。あの夜、はじめて出逢《であ》ったときの真緒の直感は正しかった。あれは、やはり終也が紡《つむ》いだ糸だったのだ。

終也は醜いと言うが、本当は美しい糸であることを、真緒は知っている。

「終也が、今この姿になったのは。帝への献上品のことが原因？」

帝が新しい衣を望んでいるから、十織は反物《たんもの》を納めなくてはならない。そのような話が、帝都から来ているはずだ。

「僕の糸で織った反物で、神迎《かみむかえ》の衣を望んでいらっしゃる。こんな糸で、帝が気に入るほどの反物が織れるはずがないのに」

「違う。あなたの糸が、いちばん綺麗。きっと、あなたの糸で織ったなら、何を仕立てても、優しくて綺麗なものになる。わたしは機織だから、そういうの分かるの」

真緒は指先に、終也が紡いだ糸を絡める。祝言《しゅうげん》の日、真緒の縁が十織の一族に結ばれた日も、本当は、この糸で結んでほしかった。

真緒にとって、この糸こそ、終也との縁の始まりだったから。

「わたしが織るよ。終也にできないことは、わたしがする。だって、わたしとあなたは、始まりから終わり。二人で完璧《かんぺき》なの。あなたが、そう名前をつけてくれたんだよ」

真緒。いっとう素敵な名前を贈ってもらったから、その名にふさわしい自分で在りたかった。自分はもう名も無き機織ではない。彼が迎えに来てくれた日から、終也のための機織となった。

「あなたの糸が、いちばん美しいことを。わたしが証明してあげる」

五.

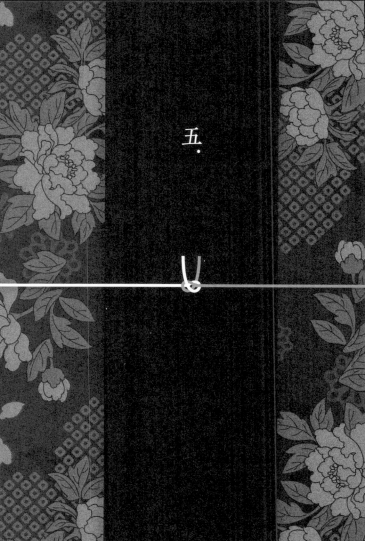

神迎《かみむかえ》は、年に一度、秋になると執《と》り行われる。

神在の家が、帝《みかど》のもとを訪れる儀だ。大昔は、神そのものが帝のもとに集まったが、時代の流れとともに、家の代表者が集まる儀礼に形を変えたという。

「神迎は、通常、秋に行われます。それまでに衣《ころも》を仕立てる必要があるので、春のうちには反物《たんもの》を納めよ、ということです」

春。せいぜい、あと一、二か月しか時間は残されていない。庭に遅咲きの椿《つばき》が咲く頃には、帝が望む品を用意する必要があった。

「どういうものを納めるの？」

「実のところ、僕にもよく分かりません。神迎のとき、帝が御召しになっていたはずですが、単《ひとえ》に仕立てたようで、ほとんど見えませんでした。前に納めたのは、父が母を娶《めと》ったときなので、僕は生まれてもいませんでしたし」

「綜志郎《そうしろう》も、そう言っていた」

前に納めたのは、薫子《かおるこ》が十織《とおり》に嫁《とつ》いできたときだ、と。

「十織の糸で織ったものは、百年は持ちます。もの自体の耐久性ではなく、神の力が持続する期間という、意味ですよ。十番様《じゅうばんさま》は縁を司《つかさど》る神様なので、悪縁を切ることで、悪《あ》しきものを退ける。だから、十織の糸で織った反物から仕立てると、神迎にふさわしい魔除《まよ》けの衣となるわけです」

「魔除けの力が続くのが、百年くらいってこと？」

終也は良くできました、と真緒の手に脚を摺《す》り寄せた。

「そもそも、神迎の衣がダメになったという話が奇妙なことです。前回、父が反物を納めたのが二十数年前です。まだ、十番様の力は生きているはず」

二人は黙り込んでしまう。終也《しゅうや》がこのように言うからして、十織の家にも記録らしい記録は残っていないのだろう。

しばらく悩んでから、真緒《まお》は手を叩く。

「分かった。なら、薫子様に聞こうよ。知っている人に教えてもらうの」

真緒には、終也のような知識はないので、柄の持つ意味や、しきたり、格式は分からない。ただ、話を聞けば、どのように織られたものか推測はできる。

知識はなくとも、ずっと織ってきた経験はあるのだ。

「君は、肝《きも》が据わっているというか、豪胆《ごうたん》というか、その」

「ダメ？」

ただでさえ時間がないのだから、知っている人間に尋ねるのが早い。年齢や立場、当事者であったことを踏まえれば、薫子がいちばん正しい情報を持っているはずだ。

「ダメではありませんよ。でも、あの人は、僕のことを息子と思っていないので、君にも酷《ひど》いことを言うかもしれません。君を傷つけたくない」

「良いよ、傷ついても。終也のための傷なら、それって名誉なことだと思う。大切な人のために戦ったってことだから」

「そんなものを名誉にしてほしくありません。……真綿でくるむように、優しく、どんな痛みや傷からも守ってあげたい。そんな風に思っているのに、僕は君を傷つけてばかりですね」

真緒は首を横に振った。

「終也は、わたしに優しいものだけ見せようとするけれど。それは、ちょっと寂しいなって思うの。わたしが知らないうちに、終也が嫌なこととか、痛いことを代わりに受け止めているのかなって思うと。胸がぎゅっとする」

「僕なんか、べつに」

「僕なんかって言わないで。……わたし、終也が前に言ったことの意味が、少しだけ分かるようになったんだよ。わたしは終也が大好きだから、終也には、自分のことを大切にしてほしいの」

祝言の日、終也が教えてくれたことだった。真緒のことが大切だから、真緒には自分自身のことを大切にしてほしい、と彼は言った。

真緒が自分を蔑《ないがし》ろにすると、終也が傷つく。

同じように、終也が自分を蔑ろにするほど、真緒の胸は痛むのだ。

「努力します。すぐには、無理かもしれませんが」

「うん。わたしも努力する。だから、約束ね」

真緒はじっと終也のことを見つめる。いまは無理でも、いつか、お互いに自分を大切にできるように約束だ。

「君が母のもとに行くのなら。僕も、別の筋から情報を集めたいと思います。君と、この家で生きていたいから。これは乗り越えなくてはいけないことなんですね、きっと」

終也はそう言って、大きな蜘蛛《くも》の身体《からだ》を揺らした。

◇◆◇◆◇

明日の朝、真緒はさっそく薫子のもとを訪ねた。

追い返されることなく、面会そのものは許されることになった。てっきり拒《こば》まれると思っていたが、終也が同席しないことを条件に、呆気《あっけ》なく許された。

（それだけ、終也には会いたくないんだ）

良くも悪くも、真緒に特別な感情はないのだ。ただ終也に会いたくない、という薫子の意志だけが感じられた。

薫子の私室は、邸宅の表側、それも一番端に設けられていた。渡り廊下《ろうか》によって主屋《おもや》とも繋《つな》がっているが、この一角だけとっても、小さな邸宅のようだ。ずっと薫子と顔を合わせなかったのは、主屋ではなく、こちらで暮らしているからなのだろう。

意外なことに、薫子は一人きりで真緒を迎えた。御付きの女中もなく、部屋の中央に、ぽつり、と一人で座っている。

彼女の装《よそお》いは、前に見かけたときと違う。

小袖《こそで》に鮮やかな打掛《うちかけ》を羽織《はお》っていた。小袖は、遠目にすると真っ白に見えるが、実際はきらきらと光沢《こうたく》のある糸で菱紋《ひしもん》が織られている。碧《あお》色の打掛には、本物の刺繍《ししゆう》のように盛り上がった菊花がいくつも咲いている。

（刺繡じゃない、織りあげている）

気の遠くなるような、寸分のくるいも許されない精巧な技術だった。まるで本物の花のような、匂《にお》いたつような美しさがある。

「すごく細かい紋。糸が、きらきらして。これは何の糸ですか？　菊の花も素敵。刺繡じゃなくて、織っているんですよね？」

うっとりするような衣裳に、思ったことが全て口から出てしまった。

「挨拶《あいさつ》もなしに、不躾《ぶしつけ》な娘ね」

氷のような声に、真緒は我に返る。居住まいを正して、慌てて頭を下げた。まともに話したことのない相手に、出会い頭《がしら》に言うことではなかった。

「頭をあげて。機織《はたおり》とは、そういうもの、と思い出しただけなのよ。旦那様《だんなさま》もそうだったの。はじめて会ったとき、私ではなく、私の衣しか見ていなかったのよ。びっくりするくらい早口で褒《ほ》めたかと思えば、すべて衣のことだった」

真緒は思わず、何度も頷《うなず》いてしまった。

「すごく、分かります。もちろん、薫子様も綺麗《きれい》だけれど。皇女様なら、きっと素敵なものを着ていたと思うの。綺麗なもの、美しいものを見ると、知りたいって思っちゃいます。いつか、自分もこんなものを織りたいって憧れてしまうんです」

真緒とて、はじめから機織ができたわけではない。見ただけで、どのようにして織るか分かっても、技術が伴《ともな》っていなかった。厳しく教えられた日々があったのだ。

上手《うま》くできなければ食事を抜かれ、折檻《せっかん》された末に、織るための術《すべ》を身につけた。

ただ、苦しいことも多かったが、見本として工房に運ばれてきた反物や衣を見る時間は好きだった。叔母《おば》や祖父母に、しきりに醜《みにく》い、と言われる自分にも、あれほど美しいものを織ることができるのだろうか、と想像した。

「美しいものを織ることができたら、生きていても良いんだよ、って。それだけの価値があるんだよ、って言ってもらえた気がしたんです」

「あなたが織るものに価値があっても、あなたに価値があるわけではないでしょう。それとこれとは分けるべき話ではなくて？」

冷たい言葉だが、声音《こわね》からして、そうではないことが分かった。何かできるから、価値があるのではない。何もできなくとも、人には、その人に見合った価値が在《あ》るのだ、と薫子は言っていた。

「でも、織ることで、わたしは終也と会えたから。織ることのできる自分だから、終也に会えた、終也に会っても良いよ、という価値があったと思いたいんです」

「あなたは、あれに夢を見ているのね。あれは化け物なのよ？　人間の真似事《まねごと》をしているだけで、本当は醜い」

「神様に近い姿で、生まれてしまったから？」

「知っているのならば、どうして平気な顔をしていられるの⁉」

薫子は叫んだ。部屋の調度品《ちょうどひん》が揺れた、と錯覚《さっかく》するほど強い叫びだ。

「綺麗だと思ったんです。美しいって、思ったんです」

「あれを？　冗談でしょう？　あなた、お辛《つら》い環境にあったと聞いたの。そちらに戻されるのを恐れているのならば、私が守ってさしあげます。だから、正直なお気持ちを聞かせて？　あれが恐ろしいでしょう」

「終也は綺麗です。薫子様には化け物に見えるのだとしても。大好きだから、この先も、ずっと化け物になんて思えない」

「好き？　あれを？」

青ざめた顔で、薫子は唇を震わせる。彼女は恐怖を堪《こら》えるように目を伏せて、自分の身体をかき抱いた。

「わたしにとっては大事な人、守りたい人なんです。だから、教えてください。あなたが十織に来たときのことを」

神迎《かみむかえ》の衣の件は、薫子の耳にも入っているはずだ。そもそも、彼女が一番に情報を摑《つか》んでいたのだから。

「嫌よ。旦那様が、私のために、私を迎えるために織ってくれたものを。どうして、化け物の嫁になど話さなければならないの。あれは、私と旦那様のものよ」

「このままだと十織がダメになっちゃいます。薫子様は、それでも良いの？」

薫子の瞳が揺れた。何も答えない薫子に、畳《たた》みかけるように真緒は続ける。

「良くないんですよね？　だって、薫子様は、十織を亡《ほろ》ぼしたいわけじゃない」

「……帰ってくださる？」

「分かりました。また来ても良いですか？」

「折れない娘ね。これだから嫌なのよ。機織ばかりの人間は」

そう言いつつも、薫子は来るな、とは言わなかった。真緒は頭を下げてから、薫子の私室を後にする。

「あの」

部屋の外に控えていたのは、祝言《しゅうげん》のとき真緒に化粧《けしょう》をしてくれた女だった。志津香《しづか》の女中と思っていたが、薫子に仕えている人だったらしい。

「あまり薫子様の御心を乱さないでくださいませ」

中の様子を窺《うかが》っていたのだろう。真緒が、薫子を害すると警戒すらしていたはずだ。

「……ごめんなさい。この先も、たぶん乱してしまうの」

老いた女中は眉《まゆ》をひそめた。

「先代様が亡くなって、終也様が御当主になられたときから、ずっと薫子様は塞《ふさ》ぎ込んでいらっしゃいます。ただでさえ、十織に嫁《とつ》いでこられたときも大変でしたのに」

「あなたは、ずっと薫子様についているの？」

「乳母ですから。お生まれになったときから御傍におります」

「そんなに長く」

「宮中にいらっしゃる頃から、父帝の寵愛《ちょうあい》は深くとも、そのせいで苦労されてきた御方です。なのに、十織に来てからも、ずっと苦しい思いをしてきたのですよ。……十織がどうなっても、薫子様を巻き込まないでいただきたい」

女中にとって、大切なのは十織という家ではなく薫子なのだ。仕える主人には心安らかであってほしいから、その心を乱しに来た真緒を批難する。

「薫子様が嫁いだのは、反物《たんもの》の代わり、と聞いたの。今回と同じ、神迎のときに帝が纏《まと》う衣を仕立てるためだって。だから、当時、どんなものが織られたのか知りたいの。──薫子様が、いちばん良く分かっているはずだから」

「惨《むご》い真似をなさる。反物なぞの代わりに嫁がされたのですよ、私の皇女様は。あのときの屈辱《くつじょく》を思い出させるなんて。……あなたなら、分かってくださると思いましたのに。同じように、十織という、悍《おぞ》ましい家に嫁がれたのだから」

女中は耐えられないとばかりに、大きく身を震わせた。

「それで？　母様に追い返されたからって、俺を捕まえたわけ」

庭の中心で、綜志郎は肩を竦《すく》めた。

物音に驚いて工房の外に出たら、ちょうど着流しにコートを羽織った綜志郎がいたのだ。夜に抜け出すことが日課なのか、今夜も今夜とて、庭から邸《やしき》の塀《へい》を越え、街に繰り出すつもりだったらしい。

「十織に嫁いだ時のことを聞いたの」

「いやいや。そのあたりのこと、母様には禁句だろ」

「でも、帝に納める反物のことを知るなら、薫子様にお願いしないと。薫子様が、いちばん良く知っているはずだから」

なにせ、反物の代わりに十織家に嫁いだのが薫子なのだ。

「素直に教えてくれたか？」

真緒が首を横に振れば、だろうな、と綜志郎は溜息をつく。

「こわーい女中にも目をつけられただろ。あの人、宮中からずっと母様に仕えているんだけど、母様に無礼があると、志津香や俺のことも叱《しか》りつけてくるくらいだからな。母様が大事なんだと」

薫子付きの女中のことを思い出したのか、綜志郎は苦い顔をする。

「綜志郎は、いっぱい怒られたことあるんでしょ。今も？」

「もちろん。……志津香から聞いたんだけど、本気で織るつもり？　帝に納める反物」

「うん。終也の糸で織るよ」

「正気かよ、あんな糸で織ったところで、帝が納得するとは思えない」

「最初から諦めるのは違うよ。それに、わたしは終也の糸が美しいことを知っているから。ぜったい帝だって気に入ってくれる」

「そんなこと言われたって、俺たちは信用できねえんだよ。俺たちと兄貴って、そんなに長い付き合いじゃねえしな。小さい頃なんか、兄貴じゃなくて、親戚《しんせき》の奴だと思っていたくらいだ」

腕を組んで、綜志郎は庭の椿《つばき》にもたれかかった。

「終也が帝都にいたから？」

「そ。帝都にいた頃なんて、神事のときも花絲《はないと》に帰らなかった。それが、父様が事故で死んだ途端、ぽん、と戻ってきて、当主になったわけ。家族として信頼できるほど、時間を共有できていない」

綜志郎が、どうして終也のことを兄様ではなく兄貴と呼ぶのか分かった気がする。

幼い頃に至っては、共有するだけの思い出がない。共に暮らすようになってからも、五年程度となれば、志津香や父母と同列にするには、ためらいがあったはずだ。呼び方をあえて変えることで、線引きしている。

「信頼は、これからで良いよ。今は無理でも、いつか終也のことを信頼できるようになるよ。ずっと一緒に暮らすんだもの」

「十織が無くなったら、一緒に暮らすも何もないんだけど」

「だから、協力してくれるでしょ？　十織を無くさないために」

「兄貴のことは、どうでも良いんだけどな。まあ、志津香のこともあるから、協力はするけど。志津香と離されるのは困る」

「仲良しなんだね」

「そりゃあ、生まれたときから、ずっと一緒にいる。俺の半身だから。ふたりで生まれてきたんだから、二人そろって完璧《かんぺき》だろ。……とりあえず、母様には、俺からも話を通しておくよ。あの人、俺と志津香には甘いから」

かったるい、とつぶやきながらも、綜志郎の態度は素っ気ないものではなかった。はじめて出逢《であ》ったときの志津香も、険しい顔をしながらも、真緒を蔑《ないがし》ろにしなかった。

顔立ちは似ていないが、そういうところが似ている姉弟だ。

「いってらっしゃい。夜は暗いから気をつけて」

綜志郎は面食らったように足を止める。

「あのさ。なんで、気をつけて、なんて言うわけ？　俺のことなんて、あんたにとっちゃ、どうでも良いだろ」

「わたしは家族になれたら嬉しいって思うよ。あなたは、わたしのこと認めていないのかもしれないけど」

綜志郎は困ったような、呆《あき》れるような、どっちつかずの顔をする。それから観念したように溜息をついた。

「……いってきます。義姉《ねえ》さんが怒られないよう、朝までには帰る」

ひらひらと手を振って、彼は夜にまぎれていった。

◇◆◇◆◇

真緒は懲《こ》りずに、その後も薫子のもとに通い続けた。綜志郎が話を通してくれたから、と朝も昼も晩も足繁《あししげ》く通っては、女中から眉をひそめられる。

五日も続けると、折れたのは薫子の方だった。

「あなた。とてもしつこいのね」

さすがに呆れたのか、薫子は額に青筋を浮かべる。

今日も今日とて、彼女は美しい衣を纏っていた。年齢からして、すでに四十近いであろうに、当人が愛らしいからか、どのような色の衣も似合ってしまう。

（あいかわらず、すごい）

今日の打掛《うちかけ》は、はっきりとした柄という柄ではなかったが、地紋の美しさだけで、十分すぎるくらいの価値がある。緻密《ちみつ》に計算された文様は、いまの真緒では、技術的に織りあげることが難しいことも分かってしまう。

「理解できない。今なら、あなたを十織と無関係の者として、遠くへ遣《や》ってあげることもできるのよ。もちろん、あなたを虐《しいた》げていた御家《おいえ》には帰さず、不自由なく暮らせるように。

……帰そうにも、帰せないもの」

叔母《おば》たちのもとに戻りたいわけではないが、妙に引っかかる言い方だった。

「叔母様たちに、何かあったんですか？」

「お教えしましょうか？　あなたの家が、どうなったのか。無くなったのよ。花絲の街から出ていかれたの」

「え？」

「あなたを虐げ、機織としての名誉を奪っていたことが露見したのよ。本当の《織姫《おりひめ》》を失ったうえ、何もかも偽っていたことが明らかになった。機織の街で、機織を騙《かた》っていた者に居場所があると思う？」

真緒が去ったから、すべての偽りが白日《はくじつ》の下に晒《さら》されて、あの家は瓦解《がかい》した。逃げるように街を出て、消息は知れないという。

「あなたは満足？　これで復讐《ふくしゅう》できたもの」

「わたし、復讐なんて」

「復讐できるから、あの化け物に嫁《とつ》いだのでしょう？　そうでなくては、あんな化け物に嫁いだりしないもの。大丈夫よ、もう怯《おび》えなくて良いの。怖かったのよね？　ずっと」

「止めて！　終也は化け物じゃない！　優しくて、わたしを大事にしてくれる人です。わたしだって、叔母様たちに復讐したいから、一緒にいたいって思ったんじゃない。好きだから、ずっと一緒にいたいって思ったんです」

幽閉《ゆうへい》生活から抜け出し、叔母たちに復讐するために彼の手を取ったわけではない。優しい人だった。五年前、暗がりで出逢ったときから心惹《ひ》かれていた。再会して、約束どおり名前を貰《もら》ったとき、彼の役に立ちたいと思った。

「わたしは、ちゃんと自分の気持ちで、ここにいます。あなたとは違う！」

「……そうね。反物《たんもの》の代わりに嫁いだ私とは、違うのでしょうね」

真緒ははっとする。酷《ひど》い言葉を口にしてしまったと分かった。

「ごめん、なさい」

「良いのよ、本当のことだもの。皇女を嫁がせるくらい、旦那様の反物には価値があった、ということよ。神迎《かみむかえ》で御召しになる衣《ころも》は、十織の糸から織りあげられた反物で仕立てなければならない。悪《あ》しきものから身を守るために」

「悪しきもの。邪気《じゃき》、魔、禍《わざわい》、物《もの》の怪《け》？」

「そう、いくつも呼び方があるの。恐ろしい化生《けしょう》の姿をしていることもあれば、流行病《はやりやまい》や厄災《やくさい》の姿をしているときもある。此の国で人が暮らすためには、封じ込めなくてはならないもの。だから、此の国は神様の手を借りてきたの」

はるか昔、国生みのとき、一番から百番までの神が産声《うぶごえ》をあげた。その一柱、一柱を始《し》祖《そ》とし、いまだ所有している一族を、此の国では神在《かみあり》と呼ぶ。

此の国には、神を所有し、神の力を揮う理由があった、悪しきものを封じるために、人が生きる世を保つために、神の存在が必要だったのだ。

「でも、そんなの、どうでも良いのよ。すでに半分以上の神が、此の国を去っている。残っている神だって、どうせ時の流れとともに去ってゆく」

「薫子様は、神様が嫌いなの？」

「神様がいなければ、私が化け物を産むこともなかったのよ」

「じゃあ、どうして。どうして、綺麗《きれい》な衣を着るんですか。あなたの着ているもの、ぜんぶ十織の糸から織りあげて、仕立てられた衣です。神様にまつわる糸です。紡《つむ》いだのは、先代様？」

薫子は目を丸くして、いとけない少女のような声で笑った。

「機織には分かってしまうのかしら」

歴代の当主たちが紡いだ糸を、土蔵で見たことがある。実際に、それらの糸を使って、十番様に納める反物も織った。だから、薫子の衣が、すべて十織の糸から織られていることが分かった。

「神様がいなければ、私は化け物を産まずにすんだ。でもね、神様がいなければ、私と旦那様の縁が結ばれることもなかったでしょう」

「帝への献上品の話が出たとき、変だなって思ったんです。……もし、薫子様が、終也のことで、この家を恨んでいるのなら。正式に帝都からの遣いが来る前に、こっそり話を流してくれたりしません」

はじめて顔を合わせた日のことを思い出す。薫子は分かっていたのだ。綜志郎に帝都の動きを伝えれば、当主たる終也のもとまで届くことを。

十織の危機に際して、十織に有利に働くように動いていた。

「やっぱり。薫子様は、この家をダメにしたいわけじゃない。……薫子様は、宮中に戻りたいですか？」

夫を亡くしたとはいえ、嫁いだ以上、彼女は十織の人間である。

しかし、もともと父帝からの寵愛《ちょうあい》が深かったならば、帝の一声で、宮中に戻れるのかもしれない。あるいは、戻れなくとも、終也から離れることはできるはずだ。

「すべて憎むことができたのならば、きっと楽になれたでしょうね。恐ろしいのよ、悍《おぞ》ましいのよ、あれが。でも、旦那様との思い出が詰まった、この家を離れるだけの覚悟はないの」

「じゃあ、やっぱり。薫子様も、十織のお家を守らないとダメです。終也のためじゃなくて、あなたの大切な思い出のために」

薫子は表情を隠すように、扇《おうぎ》で口元を隠した。二十数年前、嫁いだ頃のことを思い出すように、彼女は目を伏せる。

「……旦那様が納めた反物は、遠目にしたとき何の柄もなかったの。ただ織りあげただけの、真っ白なものに見えた」

「それって」

「でも、旦那様は街一番の機織だったのよ。私が知らないだけで、あれは、ただ織りあげただけのものではなかったのでしょうね」

薫子は自らが着ている打掛の袖《そで》を、ゆらり、と揺らす。彼女が羽織《はお》っている打掛も、一見、ただの無地に見えるが、よく見ると美しい地紋が浮きあがっていた。

「そうね。魔除《まよ》けだから、破魔《はま》の文様にした、と言っていたかしら」

真緒は弾かれたように顔をあげて、それから薫子のもとへ駆け寄った。驚いたのか、彼女は持っていた扇を落としてしまう。

「ありがとうございます。怖いのに、教えてくれて」

真っ黒な瞳を見つめると、彼女は眉《まゆ》をひそめる。

「近いわ」

「ごめんなさい。でも、御礼は近くの方が良いかなって。目を見て伝えた方が、気持ちが伝わる気がしたんです」

背の高い終也は、真緒と視線を合わせるよう、屈みこんで話をしてくれることが多い。綺麗な緑の瞳に見つめられると、彼の言葉が何倍も素敵に聞こえた。

「もう、好きになさって。あなた、旦那様と似ているから、調子がくるうのよ。同じ機織だからなの？　嫌になるわ、本当に」

「嬉しい。先代様は、素敵な機織だったんですよね？」

「当然でしょう？　私の機織さんだもの」

薫子のもとを辞すと、いつものように外には女中が控えていた。部屋にいる薫子から引き離されるよう、真緒は渡り廊下《ろうか》まで連れられる。

「どうして、余計なことを仰《おっしゃ》るのですか。この家に、薫子様が、本心から残りたいと思っていらっしゃるはずないでしょう」

「でも」

薫子は嘘をついているようには見えなかった。むしろ、隠していた本心を吐露《とろ》したように思える。

「本心では宮中に帰りたいのです。終也様が恐ろしくて、御心を打ち明けることができないだけで」

「それは違うよ。なんでも終也のせいにしないで」

女中は能面のような顔で、じっと真緒を見た。怯《ひる》みそうになった身体《からだ》を諌《いさ》めて、真緒は彼女から目を逸《そ》らさない。

「薫子様が、終也を怖いのは本当だよ。でも、あの人が家に残りたいのは、別の理由。先代様が好きだから十織にいたいんだよ」

「私は、ずっと皇女様に仕えていたのですよ。まともに共に過ごしたことのない、あなたのような娘に何が分かるのですか」

「いまも衣を着るくらい、大好きなんだよ。それを否定するのは悲しいよ。ずっと薫子様の傍にいたなら、どうして分かってあげないの」

「分かりません。この家に嫁いだせいで、薫子様は不幸になってしまったのですから。あなたも気をつけた方が良いですよ」

女中はそう言って、真緒から離れていった。

◇◆◇◆◇

帽子を目深《まぶか》に被《かぶ》り、終也は花絲の街を歩く。

賑《にぎ》わう人々の合間を縫《ぬ》って、喧噪《けんそう》に包まれた大通りを行く。あちらこちらから聞こえる機織の音が、今日は不思議と気にならなかった。

帝都の学生だったときも、花絲に帰省《きせい》する度《たび》、はやく帝都に戻りたいと思った。この街に自分の居場所はないと知っていたから、この街の象徴たる機織の音が嫌だった。

例外は、真緒の音だけだった。彼女の音にだけは心惹《ひ》かれるのに、他の音はずっと苦手なままだった。

そう思っていたが、今日は街に響いている機織の音が嫌ではない。

(いまの僕には居場所がある。この街で生きるあの子の隣で、生きていたい、と願っている。だから、もう嫌ではないのですね)

終也は、ずっと自分のことを余所者《よそもの》と感じていた。僕の街と言いながらも、この街を故郷と思っていなかったから、機織の音が嫌で堪《たま》らなかった。

いまは違う。この街には真緒がいる。あの子の生きる街を、終也が守らなくてはならないのだ。余所者としてではなく、この街の神在《かみあり》として。

終也は背筋を正して、大通りのカフェへと入った。帝都でも流行《はや》りだったカフェは、学生の頃、何度か前を通ったことはある。だが、実際に店内に入ったのは、真緒たちと来たときが初めてだった。

華やかで活気があって、人の視線が集まる場所が苦手だ。光が当たる場所にいるほど、自分の醜《みにく》さが浮き彫りになる気がして怖かった。

(でも。真緒にとっての僕は綺麗《きれい》なんですね)

大蜘蛛《おおぐも》となった終也を見ても、真緒は怯まなかった。何のためらいもなく胸に抱いて、いくつも並んだ眼に、愛《うつく》しむように口づけてくれた。

どんな姿でも好きになってしまう、と言ってくれた。彼女は人間の姿でも、蜘蛛の姿でも、どちらか一方を好いているのではない。どちらの姿であっても、終也ならば好きと言ってくれる。

そこまでの想いを告げられたのに、顔も知らぬ誰かの視線に怯えるのは、真緒の気持ちに対してあまりにも不誠実だ。

目深に被っていた帽子をとる。集まった視線に、一瞬だけ怯みそうになったが、終也は前を向いた。

「恭司《きょうじ》。お待たせして申し訳ありません」

学生時代からの親友は、いつかのようにアイスクリンを山ほど頼んでいた。人目を引く男だった。美しい、綺麗な人とは、恭司のような人間を指す。

けれども、真緒の赤い目には、きっと終也こそ美しいものとして映っている。

「帝に納める反物《たんもの》が、織りあがったのか？」

「まだ春ではありませんよ。それほど早く織りあがるはずがない、と分かっているでしょうに」

「すまない。待っている時間が、暇で仕方なくてな」

「一度、宮中に戻られないのですか？　何も花絲で待っていなくとも」

「まあ、宮中もいろいろある。俺も難しい立場だからな、しばらく外に出されることになったわけだ。それで？　まさか、俺とお茶をしたいわけではないだろう」

「真緒ならともかく、あなたとお茶したところで。腹の探り合いならば、学生時代に散々しましたしね。教えていただきたいことがあるんです」

「献上品のことか？　お前が織るのは無理だと思ったが。織り機に触れるだけで吐くような体《てい》たらくじゃなかったか？　一族の工房にも近寄らない、と言っていただろ」

「ええ。だから、僕は糸を紡《つむ》ぐだけ。織るのは真緒です」

「あの嫁か。たいそうな呼び名があったらしいじゃないか。《織姫》だったか？」

「あの子は目が良いんですよ。特別な目を持っている」

見ただけで、どのように織られたのか分かってしまう。真緒も言葉では上手《うま》く説明できないようだが、そんな風に話してくれたことがあった。

「なるほど。才能があったわけか」

「才はあったでしょうね。でも、それだけではありません。織らなければ生きられない。そういった一途《いちず》さが、あの子を機織としての高みに連れてきた」

「ふうん。ま、俺は、お前の嫁の一途さとか努力とか、そういうものには興味ないんだが。

特別な才があるなら、俺と同じかもな、と思っただけだ。神が去っても血筋は残る」

「あの子が、神の末裔《まつえい》だと？」

「十織じゃないだろうよ。それなら、お前が気づく。さて、どの家だろうな？　一族に神の血を取り入れるのは、あくまで神を留めるための手段のひとつ。末裔が生きていても、うちの神のように、此の国を去る神はいるのだから」

その家、その家によって、神を所有するための事情は異なる。一族に取り込み、神の子を作ることは、神を留めるための楔《くさび》のひとつでしかないのだ。

もしかしたら、真緒の血を遡《さかのぼ》れば、何かしらの神がいたのかもしれない。

とうに国を去り、薄まっていた神の血が、たまたま濃く出てしまったか。

あるいは、いまも此の国に在《あ》る、何処《どこ》かの神の血が流れているのか。

真緒を娶《めと》ったとき、彼女の出生を調べたが、父親のことは分からなかった。真緒が神の血を継ぐとしたら、おそらく父方の血筋に神在がいたのだろうが、手掛かりはない。

「神の血は、真緒を幸せにはしないでしょう。そのような縁はいりません。あの子は、十織家の花嫁です。それ以外に必要ですか？」

「その肩書きも、十織が亡《ほろ》んだら意味はないが」

「亡びませんよ。僕の機織さんは、誰よりも美しいものを織るので」

「なら、楽しみにしておこうか。十織の糸で織ったものならば、誰が織ったものでも構わない」

「それを理由に、帝の機嫌を損ねることはない、ということですね。最後に、十織家から神迎《かみむかえ》のための反物を納めたのは二十数年前、母様が降嫁《こうか》されるときでした。あのときの記録が、実は不自然なほどに残っていないんです」

「お前の父親の怠慢《たいまん》では？」

「父は、そういったところは慎重すぎるくらい慎重でしたから、逆に不自然なのですよ。とはいえ、存在しないものは仕方ありません。当時のことを知っている者から、情報を集めるしかない。たとえば、あなた、とか」

「おいおい。学友に何を求めている？　二十年以上も前のことなんて知るか」

「ただの学友ならば、そのとおりですけれど。あなたは例外でしょう？　僕より、ずいぶん年上ではありませんか。あなたもまた、僕のように血の濃い神在ですからね」

六久野《むくの》。恭司の家が所有していた六番目の神は、すでに此の国を去っている。

それでも、彼の血筋が神に連なることは揺るがない。時に、神の血が濃い者は、人間よりも長い時を生きる。自分のことをジジイと称するほど、この男は長生きしている。

「守るべき神も、家も、故郷も無くした今となっては、神在とは名乗れない。……あの頃の俺は、いまよりも不自由だったからな。知っているのは、うわさ話くらいだ。当時、皇女を娶《めと》るために、お前の親父《おやじ》が帝相手に大立ち回りを演じたという話だ」

「大立ち回り。父が？」

終也の記憶にある父は、ひどく穏やかな性質《たち》だった。物心ついてからは帝都に追い遣《や》られてしまったが、そのことを恨んでもいない。父は父で、悩んだ末、終也を十織から――母から遠ざけたのだ。

そこには母への愛情はもちろんのこと、終也への愛もあった。先祖返《せんぞがえ》りとして生まれてしまった息子を、虐《しいた》げようとしたわけでもない。ただ、母も終也も愛していたからこそ、引き離すしかなかったのだ。

「十織の糸から織られた反物。それを使った衣《ころも》が纏《まと》われるのは、何も神迎のときだけじゃない。そもそも、帝だけでなく、各地で求められるものだろう？　邪気祓《じゃきばら》いを生業《なりわい》としている神在も、宮中で高位にある連中も、悪《あ》しきものから身を守る衣の重要性は嫌ってほど分かっている」

「それは、もちろん。十織の御役目ですし、十織が在る意味ですから」

神が生まれた理由も、そこに在るだけだった神を所有した意味も、すべては悪しきものを封じるためだ。十番目の家は欠けてはならない。神在として、後世に繋《つな》げなくてはならない家だった。

「帝からしてみれば、目の上のたん瘤《こぶ》だ。完全に支配下に置きたいのに、お前らが糸を紡ぎ、織ることを止めた途端、弱ってしまうのは自分たちと分かっているから、強引な真似《まね》もできなかった。帝にとって扱いづらい相手なわけだ」

此の国で最も尊《とうと》き存在は帝である。

だが、神在たちが、心から帝に従順だったかと言えば否定せざるを得ない。歴史が物語っているのだ。神を有し、特権階級として続いてきた神在は、時に帝をはじめとした宮中とも、様々な形で遣り合ってきた。

いつの御世も、両者は危うい均衡を保ちながら、苛烈《かれつ》な駆け引きを続けている。

「父は十織の立場を利用して、帝に願ったのですね。皇女を娶らせろ、と」

帝が、褒美《ほうび》として十織に皇女を与えたのではなかった。実際は逆だったのだ。十織の方から、皇女を寄越せと迫った。

「そのとおり。だが、公《おおやけ》の記録には残せないだろう？　帝が、ただの神在の要求に屈したなんて。だから、十織の家が、皇女が降嫁するほど素晴らしい反物を納めた、という表向きの話だけ残された」

「さぞかし帝はお怒りでしょうね。大嫌いな神在に舐《な》めた真似をされた、と」

察するに、もともと帝は皇女を十織に降嫁させるつもりはなかったのだ。むしろ、逆のことを考えていたのかもしれない。十織に対する人質として、十織から新しい妃を召し上げるつもりだったならば、終也にも納得できる。

「五年前、お前の親父が亡くなったときから、報復の機会を窺《うかが》っていたんだ。あれもねちっこい男だから、二十年以上も前の恨みを、後生大事に抱えていたわけだ」

「執念深い御方というのは知っていますよ。そうでなくては、あれほど長く帝位に固執したりしません」

「十織の嫡男《ちゃくなん》が帝都に追い遣られている。それを知ったあたりから、目をつけていたんだろうな。今まで、お前の糸から織られた反物がないことも、調べがついているぞ」

「あなたから？」

学生時代からの付き合いであり、同じように神の末裔だった。また、周囲が引くほどの大喧嘩《おおげんか》も繰り返したが、学友のなかでも特別に親しい仲だ。恭司には、終也の抱える問題など筒向《つつぬ》けだ。

そして、いまの恭司は帝に仕える者だ。宮中でも奥深く、より帝に近い立ち位置まで引き上げられている。帝から求められたら、終也の事情を話すくらいはする。

「お前の母かもしれんぞ？　なにせ、もともと宮中で大切に囲われていた皇女様だ。父帝の寵愛《ちょうあい》も深かった。十織になんぞ嫁《とつ》ぐ予定もなかったはず」

「母は違うでしょう。あの人は僕のことは嫌いですけど、父様のことは大好きなので。……今回の件は、父のときの仕返しなのですね」

「これを機に、十織の家を支配下に置きたいんだろうよ。ま、十織の必要性は帝も分かっている。せいぜい飼い殺しで、御家《おいえ》の取り潰しまではいかないんじゃないのか？　あの虫けら連中と同じで、完全に無くすのは困る家だ」

「八塚《やつか》の？　最近は、大人しくしていると聞いていますが」

八塚は八番目の神、未来視の蝶《ちょう》を有する神在だ。

遥《はる》か遠い未来まで飛翔するという、蝶の姿をした神は、彼の一族に先見――未来視という異能を与えることになった。その能力から、いつの時代も帝の近くに在り、重用されてきた神在であった。

あまりにも有用であるから、帝であろうとも、下手《へた》に手を出すことを避けている。

「連中が大人しくしているのも異常だろう？　今の帝都は、たいそう、きな臭い。老いさらばえると気の迷いが増えるものだ。帝の神在嫌いは有名だが、このところ輪にかけて悪化している」

「何処の家も、御家の取り潰しを恐れているのですね」

「神無き世に人の世はない。此《こ》の国は、神がいなければ亡びる運命にある。それが分からぬ男が、長らく帝の地位にあることも考えものだな。何処かで首を挿《す》げ替えねば、いずれ国が亡びかねん」

「それ以上はダメですよ、誰に聞かれているのか分かったものではありません」

「構わない。俺にはもう、守るべき神も家もないのだから。……お前は、俺のようになるな。ただの友としては、そう思っているさ」

帝都で肩を並べていた頃のように、恭司は笑った。

◇◆◇◆◇

薫子の部屋から工房に戻ったとき、そこには志津香と綜志郎がいた。

「どうかしたの？」

双子は顔を見合わせると、真緒を手招きする。

「私たちが来たときには、もう」

工房を見て、真緒は息を呑《の》んだ。

強盗に押し入られたように、中は荒らされていた。丁寧《ていねい》にあつかっていた織り機たちは、見るも無残な姿で、床に散らばされている。思い切り何かで叩き折られたのか、もう直らない、と一目で分かった。

「誰が、こんな」

「いま探している。ま、たぶん見つからないけどな。何か知っていても、知らないふりをするだろうよ。その結果が、これだ」

終也の配慮《はいりょ》なのか、真緒の生活区域は邸《やしき》の奥にある。奥にあるからこそ、大きな音を立てられても、異変を察知することは難しい。

とはいえ、一人だけでは、誰にも見られず犯行に及ぶことはできない。これだけ工房を荒らすにしても、複数人は必要だ。命じた者は一人かもしれないが、何人もの配下がいて、協力し合ったうえで犯行に及んだはずだ。

ふらつきながら、工房に入る。膝をついて、壊されてしまった織り機のひとつに触れる。折れてしまった杼《ひ》や、綜絖《そうこう》を労《いたわ》るように撫《な》でた。

この織り機たちは、いつも真緒の傍《かたわ》らにあった。

「魂の半分を、ずたずたに切り裂かれちゃったみたい」

十織家に迎えられたとき、終也は幽閉《ゆうへい》されていたとき使っていた織り機を、すべて運び出してくれた。嬉しかった。織り機が真緒の半身であり、切っても切れない大切なものであることを、終也は理解してくれた。

「母様よ」

　志津香が声を震わせた。

「十織の人間は、このようなことしない！　ここは機織の家なのよ？　嫌がらせをするにしたって、こんな風に、織り機を壊すような恥知《はじし》らずなこと、するはずがない！」

「決めつけるなよ。母様だって、嫁いだ以上、もう十織の人間だ」

「いいえ。あの人は、いまも皇女のままなのよ。家のことなんて、亡んでも良い、と思っている。だから、こんなときにも着飾って、引き籠《こ》もるばかり！　兄様のことだって息子として受け入れない」

「受け入れてねえのは、母様だけじゃないだろ。なに、自分だけ善人面《づら》してんだよ。志津香！　お前だって、兄貴のこと恐れているじゃねえか。その恐ろしいものを産まされた母様のことを責める資格があんのか！」

　織り機の近くには、織りかけの反物《たんもの》が転がされていた。糸がぐしゃぐしゃに絡まっているが、糸自体は少しも傷めつけられていなかった。

「糸が強すぎて、織り機を壊すしかなかったんだ」

　激しく言い争っていた双子が、一斉に真緒を見た。

「織りあげているものをダメにしたくて、糸を引き裂くつもりだったんだと思う。でも、できなかった。だから、織り機を壊すしかなかったの」

十織の糸は、神様、あるいはその末裔《まつえい》の紡《つむ》いだ特別なものだ。火災のときでも燃え残るくらい強く、簡単に引き裂けるものではない。

終也の糸も例外ではない。むしろ、先祖返りである分、かなりの強度を誇る。

「志津香。薫子様じゃないよ。あの人は、こんなことしない」

彼女の愛した人は、真緒と同じ機織だったのだ。薫子は知っている、機織にとっての織り機が、かけがえのないものであることを。

きっと、真緒を気に食わない者たちの仕業《しわざ》だ。いまだ、この家には、真緒が十織の花嫁であることを納得していない者たちがいる。嫌がらせを放置していた真緒にも責任があった。いつか認められたら、と思っているうちに凶行を許してしまった。

真緒は深呼吸をひとつして、掌《てのひら》に爪が食い込むほど強く、拳を握った。

「織るよ」

双子は眉《まゆ》をひそめた。

「でも。こんな壊されてしまったのに。できるの？」

「織り機は用意してもらわないと、ダメかな」

ずっと共に歩んできた織り機と同じようには、あつかうことはできないかもしれない。だが、もう織るしかないのだ。

「父様の織り機があるだろ。あれ、使えよ。どうせ、あの人が死んでから誰も使ってねえんだから、義姉《ねえ》さんに譲《ゆず》ってやっても良いだろ」

綜志郎の言葉に、志津香は苦虫《にがむし》をかみつぶしたような顔になった。

「父様の形見だから誰も使えないのよ。母様の機嫌を損《そこ》ねるでしょう」

「先代の形見なら、それは当主を継いだ兄貴に渡されるべき物だ。母様の許可なんざ要らない。お優しい兄貴が、母様のお気持ちを汲《く》んでやっただけなんだから」

「綜志郎は、母様の肩を持つんじゃなかったのかしら？」

「母様の肩は持つ。こんな真似《まね》をしたのが母様だとも思っていない。でも、義姉さんには同情している。……魂の半分を切り裂かれたなんて。俺から、お前を取り上げたのと同じだろ。志津香」

志津香は口元に手をあてる。

「……あなた、私のこと本当に大好きなのね？」

「大真面目《おおまじめ》に言うんじゃねえよ！　お前のそういうところ、本当、嫌なんだけど」

「照れなくても良いのに。父様の織り機、こちらに運ぶわ。けれども、兄様ではなく、私と綜志郎が勝手にしたことよ。それで良いわね？」

「妥当《だとう》だろうな。兄貴が持ち出したなんて気づいたら、母様、今度こそダメになっちまうだろうよ」

志津香たちの計らいで、真緒の工房は、すぐさま片づけられた。もう二度と使えなくなってしまった織り機が運ばれてゆく。

ここで立ち止まっても何も始まらない。過ぎたことではなく、今後のことを考えなくてはいけない。

だが、真緒の脳裏《のうり》からは、壊された織り機たちの姿が消えなかった。

◇◆◇◆◇

終也の父親が使っていたという織り機は、どれも長い間、大事に使われていたことが分かるものだった。持ち主が亡くなってからは誰も使っていなかったと言うが、そのわりには手入れが行き届いている。

ただ、いくら状態が良くとも、真緒が使いこなせるかは別の話だった。

「織り機のこと、申し訳ありません。僕が気を付けるべきでした」

外から戻ってきた終也は、すぐに真緒のところに来てくれた。

真緒は首を横に振った。終也とて十織の人間だ。家にいる者に、織り機が壊されるとは想像もしなかったのだろう。

「これ、終也のお父様の織り機なんだって」

「父の？　そうなんですね。僕は、父が織っている姿を見たことがないから、分からなくて。たぶん気を遣われていたんでしょうね」

「お父様とは、仲良しだった？」

終也の表情は穏やかだった。もしかしたら、彼と父親の関係は、真緒が想像するよりも良好なものであったのかもしれない。

「あの人は、僕が生きていけるよう、ずいぶん心を砕《くだ》いてくれました。僕を母から引き離したことも、僕を帝都の学舎《まなびや》に遣《や》ったのも、厄介払《やっかいばら》いではなく愛情だったんです。先祖返《せんぞがえ》りの僕が、人間のなかで生きていけるようにするための」

人ならざるものの血を引きながら、人のなかで生きてゆく。そのために必要なことは、すべて父親が与えてくれた、と終也は語った。

「土蔵にある僕の糸、見たんですよね」

「うん。わたしと出逢《であ》う前、ちっちゃい頃の終也が紡いだっていう糸」

帝への献上品を織るにあたって、終也に頼んだ糸は二種類あった。

ひとつは、いまの終也が紡いだ糸。

ひとつは、幼い日の終也が紡いだ真っ黒な糸だった。終也は教えてくれなかったが、真緒は勘づいていた。土蔵の一角に、彼の糸が納められていることを。

「君が、どういうつもりで、あれを求めたのかは聞きません。でもね、僕は、あの頃から変わることができずにいる。今も昔も、僕の糸は真っ黒なまま」

指先から糸を紡いで、終也は自嘲《じちょう》する。

「恋をしたら、美しい糸を紡ぐことができる、と。父はそう教えてくれたのに、君に恋をした今も、僕の糸は醜《みにく》いままなんです。父の言葉を信じられない」

「そっか。でも、わたしは信じるよ。終也のお父様に会ったことはないけれど、どんな機織だったのかは分かるから。誠実で、自分の言葉や行動に責任を持てる人だった。お父様の織ったものを見れば分かるよ」

薫子が纏《まと》っている衣《ころも》は、彼が織りあげた反物から仕立てられている。愛する者が纏うにふさわしいものを織りあげた、という機織としての責任と誇りが、薫子の衣からは見て取れるのだ。

「もし、会うことができたら。きっと好きになったと思う」

ふと、想像してしまった。工房で、終也とよく似た男と話をすることを。真緒にとっても良き師となってくれたはずだ。

「終也？」

「深い意味はないと分かっているんですけど。好きになられたら困ります。君は、僕の機織さんですから」

嫉妬《しっと》している終也が可愛《かわい》らしくて、真緒は笑ってしまった。はじめは分からなかったが、真緒のことを好きだから、この人は可愛らしい嫉妬をする。

それが機織に対する好意と分かっていても、くすぐったい。

「あのね。一緒に工房で織っているとね、終也が来るの。そうしたら、志津香と綜志郎も集まって。……最後にはね、薫子様が顔を出すの」

それは、もうありえない未来だった。だが、同じような未来は手に入るのではないか、と真緒は期待している。

「家族団らんって、こんな感じなのかなって。わたしも十織の家の人になれたら、家族になれたら嬉しいから。いつか、そんな日が来ると良いよね」

終也は頷《うなず》くと、触れても？　と手を伸ばしてきた。自分よりも遥《はる》かに上背《うわぜい》のある男が伸ばした手を、真緒は拒《こば》まない。

「織り機を壊されたとき、魂の半分を切り裂かれたようだ、と」

「志津香たちから聞いたの？」

「それなのに、君はいつも人のことばかりだ。僕は、君のそういう他人を思いやれる心が好きで、同じくらい嫌いなのです」

「嫌っちゃうの？」

「悲しくなるから嫌いなんです。もっと自分を大事にしてほしい、と。……誰も見ていません。僕は壁のようなものですから。今くらいは泣いて良いのですよ」

「こんな、あったかい壁はじめて」

終也の腕のなかで、真緒は少しだけ泣いた。朝が来れば、きっと切り裂かれてしまった半身、無残にも壊されてしまった織り機たちのことは思い出にできる。

だから、今だけは泣こう、と思った。

幽閉《ゆうへい》されていた頃、ずっと寄り添ってくれた子たちだった。名も無き少女を機織にしてくれた子たちだった。織り続けていたから、終也と出逢うことができた。真緒という名を与えられ、幸福に生きてゆける。

（ありがと）

いまの日々に縁を結んでくれたものがあるならば、あの織り機たちだ、と思った。

◇◆◇◆◇

翌朝、真緒は薫子のもとを訪れた。

彼女は真緒を見るなり、気づかわしげに眉《まゆ》をひそめる。痛みを堪《こら》えるような表情は、何《ど》処《こ》か少女めいていた。

この人は、本当に少女のような人なのかもしれない。無垢《むく》で、純粋な心のまま十織家に嫁《とつ》いできた。そんなところを、彼女の夫は愛したのだろう。

「……織り機が、壊されたと聞いたのよ」

「はい。だから、先代様の織り機を使っているんです。それで、ちゃんと薫子様に挨拶《あいさつ》しなくちゃ、と思って。薫子様にとっても大事な織り機を、使わせてもらうから」

「もう旦那様《だんなさま》はいないのだもの。私にあつかえるものでもない。なら、機織の手に渡った方が幸せだったのでしょう」

「すごく良い織り機なの。まだ仲良しにはなれていないけれど、ちゃんと仲良しになります。そうして、帝への献上品も、きっと素敵なものを織りあげてみせます」

「……そう。でも、私には。やはり、あれに帝が納得するような糸が紡げるとは思えないのよ」

「終也の糸は綺麗《きれい》です。帝が気に入るものになるって、信じてはくれませんか？」

「信じられるのならば、私は、こうはならなかった。私、あなたが羨《うらや》ましいのかもしれない。何の罪悪感もなく、愛したいものを愛せる。……私は、旦那様のことを思うと、今も苦しい。私は十織に嫁いで良かったのか、と後悔《こうかい》するのよ」

「どうして？　好きな人と一緒にいられたのに、どうして後悔するんですか？」

薫子の瞳が揺れる。不思議と、その表情に暗闇で縮こまった終也が重なった。蜘蛛《くも》の形をした終也と、人間の姿をした薫子は似ても似つかないのに。

どれだけ薫子が否定しても、やはり二人は親子だった。

「先代様が死んじゃうまで、ずっと嫌なことだけでした？　苦しかった？」

「いいえ。あの人は、いつだって優しかった」

「嫌なこととか、苦しいことがあっても。素敵なことが、なかったことになるわけじゃないと思います。一緒にいて嬉しかったこと、幸せだったことも、ぜんぶ後悔しているんですか？　そんなのは悲しい」

「でも、思うのよ。旦那様は、きっと後悔している、と」

「それは先代様が言ったの？」

薫子は首を横に振った。

「言うわけない。いつだって、あの人は優しいことばかり教えてくれたもの」

咽喉《のど》から絞《しぼ》り出した声は、いとけない少女の悲鳴にも似ていた。

薫子の夫は、彼女を新しい場所に連れ出してくれる人だったのだろう。幽閉されていた真緒が、終也に迎えに来てもらったように。

真緒と薫子は正反対だと思っていた。幽閉されていた名無しの少女と、豪奢《ごうしゃ》な嫁入り道具とともに輿《こし》入れした皇女には、似ているところなど何一つないと感じていた。だが、重なる部分はあったのだ。

閉じ込められていた真緒と、宮中で囲われていた薫子は同じように籠《かご》の中にいた。同じように、籠から連れ出してくれた人を好きになった。

真緒ならば、好きな人が大事にしていたものを蔑《ないがし》ろにしない。薫子も同じはずだ。やはり、真緒の工房を荒らしたのは、彼女ではないのだ。

涙する薫子の背を撫《な》でてから、真緒は外に出た。控えていた女中は、いつものように室内の会話を聞いていたのだろう。

「話があるの。良いかな？」

真緒の誘いに、彼女は小さく頷いた。

ふたりは並んで、薫子の部屋から離れた。彼女に話を聞かせないために。

「ずっと、わたしに嫌がらせをしていたのは。あなた？」

女中は、しわの寄った目元を緩《ゆる》める。

「お気づきだったのですね」

「薫子様には無理だと思ったの。あの人には、そういうことができない」

はじめて顔を合わせたときから今に至るまで、薫子から敵意を感じることはなかった。終也に嫁いだ真緒を憐《あわ》れんでも、真緒自身を痛めつける気はなかったのだ。

真緒の食事を抜く、私物を盗む、織り機を壊すといった行動に出る人ではない。

「若い女中が、勝手をしたとは思いませんでしたか」

「あの人たちは、志津香のところの女中みたいだから。志津香にも、ずいぶん叱《しか》られていたみたいだし、自分の意思で嫌がらせする度胸はあるのかな？　たぶん、ないと思う。だから、誰かに指示されていたんじゃないかなって」

思い返せば、椿《つばき》の簪《かんざし》を盗まれたときも奇妙だった。火鉢《ひばち》に簪を落とした女中は、簪の処分をお願いされた、と零《こぼ》していた。つまり、盗み出して、処分するように言いつけた人間は別にいたのだ。

「今さら、機織など連れてこられても困るのですよ。十織には、ダメになっていただかなくては」

「あなたは、薫子様が嫁いだとき、一緒に宮中から来たんだよね」

この女中は、もともと十織の人間ではない。妻として十織家に組み込まれた薫子と違って、その心はずっと、十織とは別のところにあった。

「薫子様の乳母として、あの方が生まれてからずっと傍におりました。自分の子は早くに亡くなってしまったので、烏滸《おこ》がましいかもしれませんが、実の娘のように、大事にお育ていたしました」

真緒は、実の母親について、ほとんど憶えていない。幼い頃に別れたので、顔すら分からず、名を呼ばれた記憶もなかった。だが、もし母が生きていたならば、真緒のことも、こんな風に語ったのかもしれない。

女中にとって、薫子は仕えるべき主人であると同時に、守るべき娘でもあった。

「あなたは、十織に嫁いだせいで、薫子様が不幸になったと思っている。だから、十織なんて無くなっちゃえ、って思っていたんだね」

彼女にしてみれば、十織家こそ、大事な皇女様を閉じ込める籠であった。幸せな籠ならまだしも、十織に嫁いだせいで、薫子が化け物――終也を産んだ、と恨んでさえいた。

もし、十織が無くなって、薫子を宮中に戻すことができれば、と夢を見たとしても不思議ではない。真緒が知らないだけで、宮中への確かな伝手《つて》を、この女中は持っているのかもしれない。

「薫子様は、宮中で大切にされるべき御方です。十織に嫁ぎさえしなければ、きっとお幸せになれた。私は、あの御方が御生まれになったときから決めていたのですよ。皇女様には、此《こ》の世の誰よりもたくさんの幸福を与えよう、と」

「薫子様が、宮中に帰ることを望んでいるの？　あなたが勝手に決めたんでしょ」

彼女は答えなかったが、それこそ答えだった。

「終也様が生まれたとき、私も薫子様についていました。はじめての御産だから、傍にいてほしい、といじらしいことを仰《おつしや》って。……あの頃の薫子様は、あなたとさして歳《とし》の変わらぬ少女でしたのに」

女中の眼には、もう真緒の姿は映っていなかった。彼女の眼には、終也が生まれた日が映し出されているのだろう。

彼女は、二十年前から一歩も進むことができずにいるのかもしれない。

「どうすれば良かったのかしら。どうしたら、私の皇女様は幸せになれたの？」

つぶやいて、女中は何も言わなくなった。

◇◆◇◆◇

真緒は織り機を動かした。経糸《たていと》、緯糸《よこいと》が寸分のくるいなく、頭のなかに浮かんだとおりの美しい文様を描くように。

（遠くから見たとき何の柄も見えない。でも、何か仕込まれていた。破魔《はま》の文様）

薫子が教えてくれた内容を、心の中で何度も繰り返す。彼女の語ったことに合致する文様を、いまの真緒は知っていた。

終也の糸ならば、それを織ることができると分かっていた。

織り機《おき》を撫でる。ぴん、と張った経糸に、杼《ひ》で緯糸を通し、筬《おさ》を使って打ち込む。

幼い日の終也が紡《つむ》いだ糸と、いまの彼が紡いだ糸が交わって、美しい文様が織り出されてゆく。

昔から、織りあげられたものを見ると、どのように織られたのか分かった。

きっと、この目はあらゆるものの本質を映しているのだ。だから、見るだけで、それが何であるのか、どのように成り立っているのか、本能的に理解してしまう。

それは物に限った話ではなく、人も同じなのだ。

自分は醜《みにく》い、自分の命は間違っていた、と思いながら生きる男がいた。

真緒を連れ出してくれた人は、いつだって己を否定する。けれども、真緒の目には、いつだって美しい人が映っている。

(わたしが、織りあげることができたら。終也はきっと信じてくれる。自分が醜くなんかないことを。終也が生まれたことは、間違いなんかじゃないことを)

来る日も来る日も、真緒は工房に籠《こ》もり続けた。外の季節が、やがて雪解けを迎えて、春の気配が近づきはじめていることを感じながらも、一途《いちず》に織り続けた。

かたん、と機織の音が止まる。

反物《たんもの》が織りあがったのは、ちょうど庭に遅咲きの椿が満開になった頃だった。ついに、帝に衣《ころも》を納める季節がやってきた。

(大丈夫。だって、終也の糸は美しい)

美しい糸だから、美しいものが織りあがる。真緒は機織だから、五年前、終也と出逢《であ》った夜から分かっているのだ。

六.

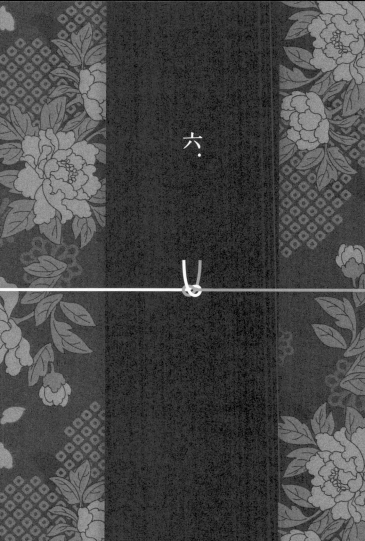

庭の椿《つばき》が満開となった頃、帝都からの遣いは、再び十織《とおり》の邸《やしき》を訪れた。

終也《しゅうや》の隣にいる真緒《まお》を見て、六久野恭司《むくのきょうじ》は笑う。

「なんだ。ずいぶんすっきりとした顔をしているな？　前に嚙《か》みついてきたのが嘘のようだ。夫婦仲良くやっているようで何よりだ。引き裂いてしまうことが心苦しい」

真緒はむっとした。この男は、真緒たちが帝《みかど》への献上品を用意できなかったと決めつけているらしい。

「ちゃんと用意しているよ。帝が望んだものを」

「言っておくが、俺は物まで確認するよう、言いつけられているからな？　下手《へた》な誤魔化《ごまか》しは止めておけよ」

「本当に失礼な男ですね。帝都で出逢った頃から変わらない。同年代の神在《かみあり》に会えると思っていたら、いたのは、こんな無神経な年寄りで」

「そういうお前は、いつまで経っても陰気で、どうしようもない若造だろうが。背中にカビが生えているぞ。だいたい、こんな夜更けに呼び出すとは、あまりにも礼儀《れいぎ》がなっていないのでは？」

時刻は、すでに真夜中と言っても良かった。恭司の言うとおり、この時間に呼び出したことは、非常識も甚《はなは》だしい。

ただ、真緒にしてみれば、どうしても夜に訪ねてもらう必要があったのだ。

「言い合いはそのくらいにして。恭司様、ちゃんと見てね」

真緒は織りあげた反物を、恭司の前で広げてみせる。

「ただの黒い布に見えるが？」

薫子《かおるこ》は、終也の父が納めた反物のことを詳しくは知らなかった。だが、当時の反物に繋《つな》がる大切なことを教えてくれたのだ。

一見すると無地に見える。そして、破魔の文様にした、という先代の言葉。

「明かりを消しても良い？　そうしたら、わざわざ夜に来てもらった意味が分かるから」

ランプの明かりを消す。すると、終也と恭司は息を呑《の》んだ。

「……本当に、僕の糸で織りましたか？」

信じられない、と終也は声を震わせる。細い指が、恐る恐る、反物の表面を撫《な》ぜる。

「終也は知らなかったみたいだけど。終也の糸は、お父様とそっくりなんだよ。神迎《かみむかえ》のために納めた反物、それを織るために使った糸に」

薫子から話を聞いて、実際に織りあげたからこそ、真緒には分かった。二人の糸は似ている。自分は化け物だ、家族とは別の生き物だ、と終也は苦しんでいたが、確かな繋がりがあったのだ。

「なるほど。これでは、帝も認めるしかないだろうな。なにせ、色は違うが、二十年前とまったく同じものを納められたんだから」

皆まで説明しなくとも、恭司はすべてを理解したらしい。真緒が再び明かりをつけると、参った、とばかりに、わざとらしく両手をあげた。

「見事だな。神在でなくなった俺は神迎には参じることができない、そのことを悔《くや》しく思うくらいだ。たしかに、神迎のための反物を預かった。帝のもとへ届けよう」

「あの。あっさり認めて、大丈夫なの？」

拍子抜けした真緒は、思わずそう聞いてしまった。

「うん？　まあ、粘っても仕方ない。帝が求める反物を納められたんだから、これで終わりだ。文句は言わせないし、十織に不幸が訪れることのないよう始末はつけるさ」

「恭司。帝のもとに届けていただけるのも、十織に被害がないようにしていただけるのも助かりますが。そもそも、何故、新しい神迎の衣が必要だったのですか？」

此《こ》の度《たび》の献上品は、本来ならば必要のないものだった。二十数年前、薫子が十織に降嫁《こうか》するとき納めた反物は、いまだに神の力を残したまま――悪《あ》しきものを退けるための衣として、十分な機能を持っているはずだった。

「ここからは俺の独り言だ。この前の夏、宮中にある宝庫の一つから火が出た。宝庫の中身は、燃えて使い物にならなくなってな。運悪く、神迎の衣も納められていた」

「宮中の宝庫にあるものは、ただの火で燃えるようなものではありません。神迎の衣なんて、その最たるものでしょう。十織の糸は、神様に連なる糸ですから、ただの火で燃えるはずがない」

「ただの火ならば、な。悪しきもの、禍《わざわい》の顕《あらわ》れ、という見立てだ。七伏《ななふし》家の奴らが、お得意の弓矢を持って宮中に乗り込んできたさ。邪気祓《じゃきばら》いの神在が出てくるなら、十中八九、そうだったんだろうよ」

「魔除《まよ》けの衣が耐えきれなかった、負けてしまう。よほど強い顕れだったのですね」

「だから、新しい神迎の衣を仕立てる必要があった。それにかこつけて、お前たちは嫌がらせされたんだよ。知ってのとおり、帝は神在がお嫌いで、十織のことも根に持っている。可愛《かわい》がっていた皇女様を奪われて、今も御立腹なわけだ」

「ええと。帝は、十織に薫子様を嫁《とつ》がせるつもりはなかったの？」

事情の分からぬ真緒は、話を遮《さえぎ》ってしまう。

「そうだ。なのに、こいつの親父《おやじ》が、帝を黙らせて、表向きには円満に見える形で皇女を娶《めと》った。神在の若造に出し抜かれた、と、帝はお怒りだったわけだ」

話が入り組んでいて、ずいぶんややこしい。真緒は唸《うな》り声をあげながら、やがて納得したように両手を叩いた。

「宝庫の衣が燃えて、新しい衣を仕立てる必要があったのは事実だけど。それを利用して、帝から嫌がらせされたってこと？」

真緒の言葉に、恭司はからからと笑う。

「端的に言えば、そういうことだ。だから、油断はするなよ。老いさらばえてもなお、あの男が帝位にしがみつくのは、神在を嫌っているからだ。六久野だって、不興を買って亡ぼされたのだから」

六久野。かつて、六番目の神を有した家の血を継ぐ男は、わざとらしく肩を竦《すく》める。

「肝《きも》に銘《めい》じておきます」

「さて、長い独り言は終わりだ。次に会えるのは、お前が神迎で帝都に来るときか？　そのときは、奥方も一緒に来ると良い。美味《うま》い甘味処《かんみどころ》を案内してやる」

恭司はそう言って、十織の家から去った。

真緒は思わず、その場に崩れ落ちてしまう。慌てて終也に抱き起こされるが、上手《うま》く足に力が入らなかった。

「安心したら、力が抜けちゃった。あのね。もう一つ織っていたものがあるの。薫子様のために」

「たくさん酷《ひど》いことをされてきたから、終也は薫子様のことが嫌いなのかなって、最初は思ったの。恨んだり、憎んだりしているんじゃないかって。でも、違うよね？」

「母様に？」

終也は瞳を揺らす。宝石みたいな瞳に浮かぶのは戸惑いだった。

「仲良くしたいって、今も思っているでしょ」

生まれたときから拒《こば》まれて、五年前に至っては殺されかけている。だが、酷い仕打ちを受けてきた終也は、それでも母に焦がれているのだ。

「ええ。仲良くしたいと思っていますよ。でも、母様のことは諦めています。……あの人を苦しませることを、僕は望みません。僕を愛せなくとも、亡くなった父の伴侶《はんりょ》であり、志津香《しづか》や綜志郎《そうしろう》の母であってくださるのならば、多くを望んではいけない」

「でも、わたしは嫌だな。終也の望みは、ぜんぶ叶えてあげたいよ。……ねえ、お手をとっても良い？　私とお出かけしよう、薫子様のところまで」

はじめて街に連れ出してもらったときとは逆だ。今度は、真緒が終也を連れ出してあげる番だと思った。

真緒が伸ばした手を、恐る恐る、終也は取った。

◇◆◇◆◇

終也を連れて、薫子の部屋を訪ねる。老いた女中は、終也の姿に驚いていたが、部屋に入ることを止めはしなかった。

「また、いらっしゃったの？　こんな夜更けに。今度は、どうされて……」

そこまで言って、薫子は青ざめる。彼女は悲鳴をあげることもできず、終也の姿を見るなり、自分の身体《からだ》を強く抱きしめた。

傷ついたように終也が身を揺らすから、真緒は堪《たま》らなくなった。

「帝への献上品を納めたんです」

「認められたの？　あれの糸で織ったものが？」

あれ、と頑《かたく》なに、彼女は終也の名を呼ばなかった。視界に映ったことが間違いであったかのように、真緒だけを見ている。

「帝都からの使者は帰りました。十織の当主として、終也はちゃんと役目を果たしたんですよ」

新しい当主の紡《つむ》いだ糸で、神迎の衣を仕立てるための反物《たんもの》を織る。それが、帝が求めたことであり、終也は見事に応えてみせた。

「だから、何だというの？　あれが化け物であることに変わりはない。あんなものが旦那《だんな》様《さま》の後を継いで、当主となるなんて間違っている。旦那様は、いっとう素晴らしい機織《はたおり》で、いっとう優しい人だったもの」

真緒は一歩前に出ると、真っ黒な帯を広げてみせた。

すでに帯として仕立てられているが、帝に納めた反物と同じように織りあげたものだ。夜を融《と》かしたように黒く、一見すると何の柄も紋もない。

薫子は悍《おぞ》ましいものを見るかのように、眉間《みけん》にしわを寄せる。

「これの何処《どこ》が、美しい、綺麗《きれい》な糸なの？　真っ黒でしょう。あれは心まで、人間ではないの。醜《みにく》いのよ。旦那様とは違う」

十織の末裔《まつえい》が紡ぐ糸は、当人の心の顕れ。恋をするほど、美しく染まる糸だという。

終也の父は、薫子のために美しい糸を紡ぎ、彼女が纏《まと》うにふさわしいものを織り続けた。さぞかし愛情深く、心根の素晴らしい人だったのだろう。

「やっぱり。あの人の血から化け物が生まれるはずないのよ。あれを産んだ日のことを、昨日のことのように思い出すの」

薫子は、決して終也のことを見なかった。二十年前、自らに起きた悍ましい出来事を振り返りながら、身を震わせる。

「ずっと。ずっと待ち望んだ子だったの。……だって、私、皇女であった頃から旦那様に恋をしていたのよ。叶わないと思っていたのに、あの人の妻になれたんだもの」

帝に納められた反物の褒美《ほうび》として、皇女であった薫子は十織に嫁がされた。世に伝わっている事実は、当事者からみれば違うのだ。物のように遣《や》り取《と》りされた哀れな皇女はいない。なんてことのない、思いあう恋人たちが結ばれただけの出来事だ。

皇女に恋をした男が、彼女を手に入れるために美しい反物を織っただけのこと。

「あの頃の私は幸せだった。好きな人と結ばれて、好きな人の家族となれて。……けれども、生まれた子は、人の姿をしていなかった」

あまりにも悲痛な声だった。真緒は彼女に駆け寄って、その背を撫《な》でる。

終也は、ずっと薫子に傷つけられてきた。危うく命までも奪われそうになった。薫子が終也にしてきた仕打ちは、決して許されるものではない。

だが、終也は母親を憎んでいるわけではない。拒まれて傷ついたのは、自分のことを醜いと思い込んだのは、母を慕《した》っているからだ。

母と息子の間にあるものを、真緒が踏みにじって良いわけがない。終也が可哀《かわい》そうと思うことも、薫子に同情することも、どちらにも不誠実なことだった。

「好いた人の子よ。愛したかったの、愛してみせるって言えたら良かった。でも、身体が震えてしまう。あれを化け物と思ってしまう。ずっと、ずっとそうだったの」

愛したいのに、愛することができない。だからこそ、薫子は拒むしかなかった。我が子ではない、と見ないふりをすることしかできなかった。

「少しだけ、明かりを消しても良いですか？」

明かり？　と首を傾《かし》げた薫子の返事を待たず、真緒は部屋の明かりを落とした。

障子《しょうじ》越しに薄っすら入る光を除いて、ほとんど真っ暗に近くなる。ただ、真緒が持ち込んだ反物だけが、闇のなかで輝いた。

夜空を流れる天《あま》の川《がわ》のように、光のつぶてが真っ黒のはずの帯で躍る。

いまの終也が紡ぐ糸は、明るいところでは、一見、ただの黒い糸に見える。

しかし、本当のところは違う。暗闇にかざすと、星の光をまとったように煌《きら》めく糸なのだ。太陽のまぶしさの下では分からぬ、夜を照らす優しい光だった。

五年前、工房の暗闇で出逢《であ》ったときから、真緒は彼の糸が美しいことを知っていた。

「夜の色だなって思うんです。優しくて、綺麗な色」

闇夜の中でも、独りではないよ、と語りかける色だ。暗がりに寄り添ってくれる星の色が、五年前からずっと、真緒にとって夜の色だった。

「矢絣《やがすり》？」

薫子は帯に触れて、小さくつぶやいた。

「先代様が納めた反物は、破魔の文様だったんですよね。だから、きっと、この織紋だったんじゃないかなって」

矢絣は、矢羽根の文様だ。弓矢は邪気祓い——悪しきものを祓う神在が使うため、破魔の意味を持つ。このうえなく、魔除《まよ》けの衣にふさわしい文様だ。

「旦那様の納めた反物は、真っ白で」

「色は正反対だけど、たぶん終也の糸と同じだったんです。夜になると輝くような、光で染め分けたような糸なの」

終也の糸は、黒い糸に光のつぶてを纏っている。まるで、光によって染め分けた糸のように。だから、帝への献上品を織るとき、矢絣の文様にできると思った。

あれは、あらかじめ染め分けた糸も使って織るものだから。

（終也の糸は、彼の言うとおり、ちっちゃい頃は真っ黒だった。けれども、あるとき……きっと、終也が言うところの恋をしたときから、光で染め分けたような糸になった）

だから、この文様を織ることができた。

矢絣は、経糸《たていと》にまだらに染め分けた糸を使う。つまり、緯糸《よこいと》には、そうではない糸を使う必要があった。

経糸には、大人になってから、彼が紡げるようになった光で染め分けたような糸を。

緯糸には、幼い頃の彼が紡いだ、真っ黒な糸を。

この二つの美しい糸があって、はじめて織ることができる文様だった。

真緒と出会ってから、いまの終也が紡ぐようになった糸も。真緒と出会う前、幼い日の終也が紡いでいた糸も、どちらの糸も使いたかった。過去の終也も、いまの終也も、変わらず美しいことを証明したかった。

「綺麗でしょう？　これでも終也の心は醜いのかな？　わたしは、どうしてもそんな風には思えないんです。……薫子様にとっての先代様がそうだったように。わたしにとっての終也は、綺麗で優しくて、大好きな人だから」

沈黙が落ちる。三人とも黙り込んだなか、最初に口を開いたのは薫子だった。

「旦那様も。あの人も、美しい帯を贈ってくれたの」

細い指先が、美しい夜の色をした帯を撫でる。薄闇のなかでも、白い指先が、確かめるように触れていることが分かった。

「帯だけでなく、たくさんのものを、私のために織ってくれた。もう着れないくらいあると言っても、必ず似合うから、と」

薫子のまなじりに透明な雫《しずく》が浮かぶ。涙を堪《こら》えるように、彼女はうつむく。

薫子の装《よそお》いは、いつも夫が織りあげたものによって彩られていた。身に纏うことで、すでに此の世を去った男との、縁にしたかったのかもしれない。

「この帯も、先代様の織り機で織ったんです。五年も使われていなかったのに、すごく手入れが行き届いていた。ずっと薫子様が手入れしてくれたんですよね？」

帯を抱きしめて、薫子は嗚咽《おえつ》する。背を丸めた母を前にして、終也は立ち尽くしていた。

真緒はそっと、薫子の傍まで終也の手を引いた。

涙に濡れた薫子の目には、今度は確かに、終也の姿が映っていた。

「母様は、父様のことが大好きだけれど。同じくらい憎んでいるとも思っていました。あなたに、僕を。……化け物を産ませたのは、父の血だから」

終也は声を震わせる。二十年間、母親から存在しないものとしてあつかわれ、常に遠ざけられていた彼の苦しみが、その声には滲《にじ》んでいた。

血を吐くように、彼は続ける。

「父を愛していたから、あなたは僕を許せなかったのですね。父を愛しているのなら、僕を愛せるはずだ、と言い聞かせながら。それでも愛することができなかった自分を、あなたはずっと責めていたのですね」

「今も。今も、あなたの姿に、あの化け物が重なるの」

彼女にとっての終也は、生まれたときの姿のまま、時を止めているのだ。それ故に、彼女の顔には怯《おび》えがあった。

だが、怯えをそのままにして、薫子は言う。

「でも、いつか。いつか、それでも構わない、と。あなたも、私と旦那様の子だと、思えるようになるのかしら」

「分かりません。でも、そう思ってくれる日が来るように、祈ることだけは。どうか許してください」

「今までのことは謝らない。謝ったら、あなたは、私を許さないといけない、と思ってしまう。でも、ありがとう。素敵な帯、旦那様と同じで、あなたは美しい糸を紡ぐのね。そんなことも知らなかった。……終也」

終也が目を見開いて、それから顔をくしゃくしゃにして笑った。小さな子どもみたいな笑い方だった。

真緒は、可愛《かわい》い男の子の幻を見た。邸《やしき》の柱や、庭の椿《つばき》の陰から、母親を見つめる男の子だ。母の愛情を一身に受ける弟妹を眺めながら、その輪に入ることはできない、と諦めた男の子だった。

気づけば、真緒は手を伸ばして、終也を抱きしめていた。

幼い日の彼を救うことはできない。そのときの彼が求めていた、母親の愛を与えることもできない。だが、彼の幸せを祈る気持ちだけは、誰にも負けないつもりだ。

「真緒。君は、いつだって。僕に本当の始まりをくれる」

終也はすがるように、真緒の背に腕を回した。

◇◆◇◆◇

夜の帳《とばり》が下りている。時刻はすでに真夜中と言って良いが、終也の頭は冴えてしまって、どうにも眠れなかった。

様々な後始末を終えて、一日、真緒の姿を見ようと思ったら、彼女は工房で寝ていた。板張りの床は冷たく、眠るには苦しいだろうに、安らかな寝顔だった。

(疲れてしまったのでしょうね、きっと)

本当は、もっとしっかりしたところで眠ってほしいが、織り機の傍が、いちばん彼女にとっては安らぐ場所なのだ。いつか、その安らぐ場所が終也の隣になってくれたら嬉しいが、今はまだ、そこまで求めるべきではない。

少女の頭を撫《な》でると、終也は庭先に下りた。

春の庭では、真っ赤な椿が咲き誇っていた。椿の赤は、少女の目の色だから、いっとう美しく感じられた。

終也は、自分が生まれた季節――椿の咲く春が苦手だったが、今は好ましく思っている。春は、真緒の瞳の色が、あちらこちらで美しく咲く季節なのだ。

夜闇のなか、指先から糸を紡《つむ》ぐ。

真っ黒だと思い込んでいた糸は、闇のなかでは、星の光を纏《まと》ったように煌《きら》めく。ただ、とても淡い光だから、太陽の下では、そのまぶしさに呑《の》まれてしまって、黒い糸にしか見えないのだ。

(幼い頃、僕の糸は真っ黒でした。でも、真緒と出逢った夜、僕は彼女に恋をした。だから、糸が変わったんですね。父が言っていたように、美しい糸を紡げるようになった)

思い返してみると、五年前、機織の音につられて、真緒の工房に迷い込んだことも可笑《おか》しな話だった。

あれほど嫌っていた機織の音に、どうしようもなく惹《ひ》かれた。それはきっと、恋をしたからなのだ。

十番目の神が、かつて恋した機織の音を、いつまでも愛《め》でるように。

終也もまた、機織の音から恋に落ちた。その音の持ち主が、美しいものを織る、とても一途《いちず》な機織だ、と本能的に分かったのだ。

一途な機織の音に恋をして、終也の糸は美しい糸になった。

そして、その糸の輝きに気づいて、美しいと言ってくれた少女に、ますます想いを深めたのが、五年前の夜だったのだろう。

（でも、僕は自分の糸が変わったことが分からなかったんですね）

あのときの終也は、母に殺されかけた衝撃で、人間の姿を保てなくなっていたので分からなかったのだ。

なにせ、あの姿をした終也は、糸を使って周囲の状況を摑《つか》むので、人間のときのような視力を必要としない。そもそも人間のときほどの視力が備わっていないのだ。大まかな明暗の区別はつくが、明るさがあったとしても、自分の糸の輝きとは思わなかった。

（あの子は、いつも僕に大切なことを教えてくれる）

真緒と出逢《であ》わなければ、生涯《しょうがい》、自分の糸の輝きを知ることはなかっただろう。自分が恋をして、美しい糸を紡ぐことができるようになった、と気づくことはなかった。

「兄貴」

顔をあげると、椿の陰から綜志郎が現れる。

「また夜遊びですか？　志津香に怒られてしまいますよ」

終也は苦笑いを浮かべる。ひとつ年下の弟は、本来は生真面目《きまじめ》な性格なのだが、あえて奔放《ほんぽう》にふるまう節がある。

終也が当主として立派に見えるよう、彼なりに気を遣っている。

「志津香は許してくれるよ、俺に甘いから。兄貴こそ、こんな夜遅くに何しているんだよ。義姉《ねえ》さんと一緒にいないのか？」

「ぐっすり眠っているので、起こすのは悪いでしょう？　帝への献上品や、母様への反物《たんもの》で気を張っていたものですから。綜志郎もありがとうございます。母様の帯、君と志津香が仕立てた、と聞きましたよ」

「兄貴からの礼は要らない。兄貴のためじゃなくて、義姉さんのために協力しただけだから。可哀《かわい》そうだからさ、何も知らなくて」

「あの子は、ずっと幽閉《ゆうへい》されていましたからね。知らないことがあって当然です」

「違う。義姉さんに学がないとか、そういうことを言いたいんじゃない。……なあ、兄貴。俺は、あんたみたいに神様に近くないから、分かんないんだよ。縁の糸って、どんなものなんだ？」

「どうしたのですか？　突然」

「十番様《じゅうばんさま》の糸で織りあげたものは、魔除《まよ》け、邪気祓いの力を持つ。でも、あれは魔除けが本質じゃない。悪い縁を切っているから、結果的に魔除けになるだけ。十番様は縁を司《つかさど》る神様だから」

対外的には、十番目の神は縁結びの面が強く押し出される。だから、花絲《はないと》の街で織られた反物を使った衣は、良縁を招く衣裳としても人気なのだ。外界に知らしめられるのは、いつだって良い面だけである。

だが、縁を司るということは、何も結ぶだけではない。

「その人には、その人に与えられた縁がある。いつか巡り合う、運命の相手がいる。義姉さんにあった縁の糸は、本当は、誰と結ばれていたんだろうな?」

人間には、生まれたときから縁がある。宿命、あるいは運命と言い換えても良いかもしれない。与えられた縁は、本来は切れることなく、当人の行く末に絡みつく。

ただ、神の力は、人間の営《いとな》みの外にあるものだ。人間ではないから、人間に絡みついた縁の糸を弄《もてあそ》ぶことができる。

「綜志郎は勘が良い。志津香ならば、きっと気づかなかったでしょうに」

「あんた、義姉さんの糸を切ったんだろ。切って、自分に結びつけたんだ。名前を付けたのも、結びついた糸が解けぬよう固くするため。俺や志津香には無理でも、先祖返《せんぞがえ》りのあんたにならば、それができる」

綜志郎の言うとおりだった。

五年前、工房の暗がりで出逢った真緒の身体《からだ》には、終也ではない誰かと結びついた糸があった。あまりにも太く、強固な糸は、それだけ彼女と縁の強い人間が相手だから、とすぐに気づいた。

気づいて、終也はその糸を切ることにした。

今でも悔《く》いているのは、あまりにも太く、固い糸であったから、切るだけで朝が来てしまったことだ。あのときの終也は、邪魔な糸を切ることで精いっぱいで、真緒と自分の糸を結ぶことまでは叶わなかった。

五年間、彼女の姿を探しながらも気が気でなかった。切ったはずの糸が、再び結ばれていないか。終也ではない運命の相手のもとに、真緒が連れていかれないか。

祝言《しゅうげん》の日、ようやく自分と真緒の糸を結ぶことができたのだ。

「怒っていますか？　でも、縁を切ったところで問題ありません。彼女に結ばれていた縁が、必ずしも良縁とは限らない。幸せなものではなく、不幸に繋《つな》がる縁かもしれない。なら、僕自身の手で、あの子を幸せにした方が確実でしょう？」

綜志郎は眉《まゆ》をひそめて、咎《とが》めるように終也を睨《にら》みつけた。

「それを決めるのは兄貴じゃない。兄貴は傲慢《ごうまん》だよ。義姉さんに与えられたはずの出逢いを奪って、義姉さんの人生をめちゃくちゃにしたんだ」

終也は目を丸くした。終也の弟とは思えぬほど、まっとうな発言だった。あまりにも人間らしい。こんなとき、弟は生まれたときから、終也とはまったく違う生き物なのだと突きつけられる。

「神様とは、そういうものです。人間の都合など知らない、欲しいものを我慢できない。僕は先祖返りですからね」

綜志郎は諦めたように目を伏せた。

「俺には分かんねえよ、神様のことは」

去っていく弟を見送ってから、終也は振り返った。工房では、いまも愛《いと》しい少女が夢を見ているだろう。

その夢を守ることが、これからの終也の生きる意味だ。

真緒は糸口、始まりの名前。終也は結び目、終わりの名前。

ならば、始まりから終わりまで、二人はずっと離れることなく、隣にいなくてはならない。彼女が言ってくれたように、二人合わせて完璧《かんぺき》で、満ち足りたものになる。

「愛しています。いつか同じだけの気持ちで、君が、僕を愛してくれますように」

そんな風に、今日も終也は願っている。

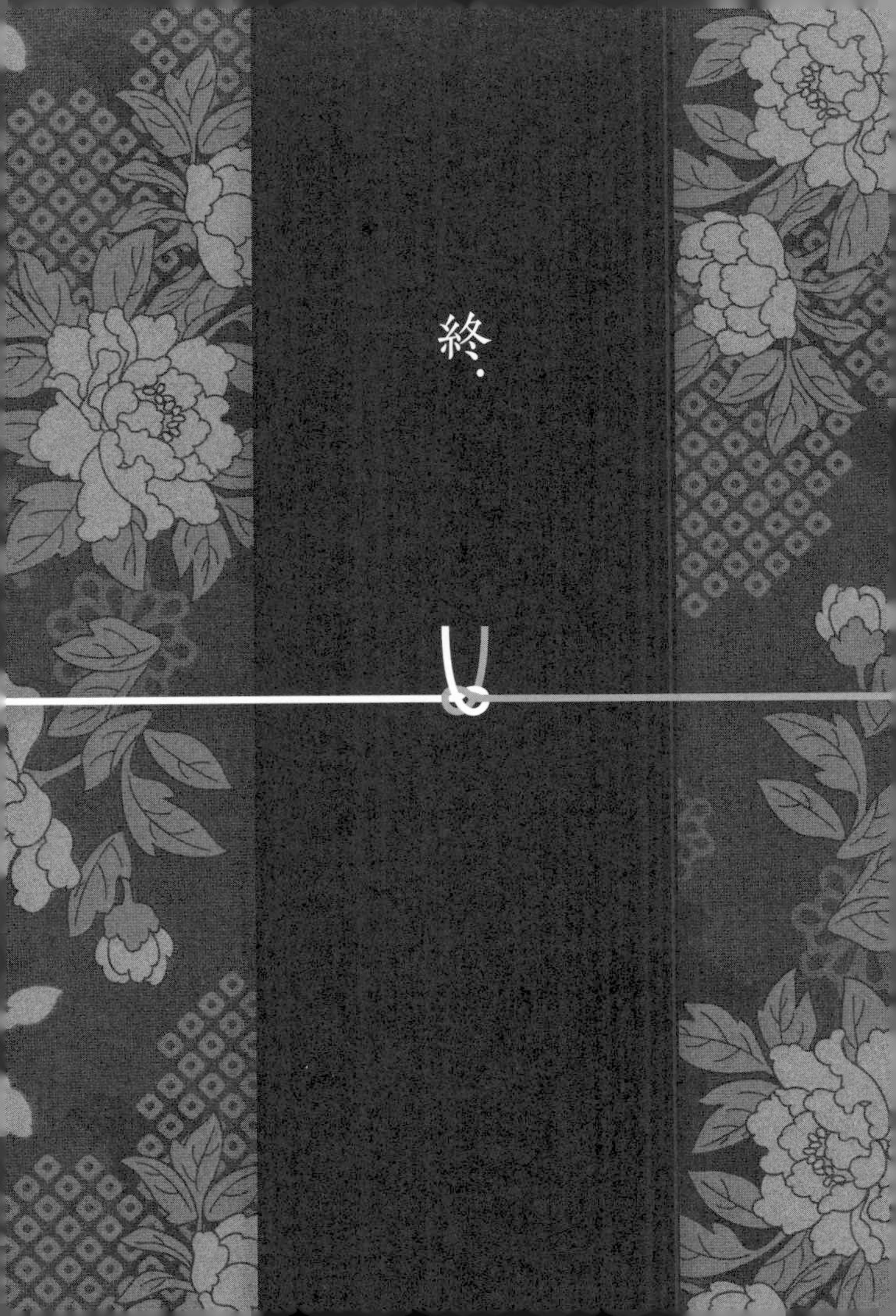
終・

椿《つばき》の花々が、庭を赤く染めあげる。あちらこちらで綻《ほころ》んだ赤を、今はとても好ましく思っている。

真緒《まお》の目の色は、血の赤ではなく、この椿の花色なのだ。

「お寝坊さんね？　もうすぐお昼よ」

床に寝転んだまま庭を眺めていると、美女の顔が飛び込んできた。工房を訪ねてきた志《し》津香《づか》に、慌てて身体《からだ》を起こす。

「ああ、寝たままでも良いのに。疲れていたんでしょう？　届け物に来ただけだから、すぐお暇《いとま》するわ。母様から、義姉様《ねえさま》へ贈り物よ」

工房の衣桁《いこう》に、志津香は色打掛《いろうちかけ》をかけてゆく。

「わたしが織ったもの？」

この打掛に使われているのは、終也《しゅうや》が迎えに来る直前まで織っていた反物《たんもの》だろう。婚礼衣裳になる、と聞かされていたから、たくさんの花を織りあげたものだ。

「そうよ。あなたが、あの意地悪な御家《おいえ》で織っていたもの。……母様、いろいろ手を回して、あなたの家から取り上げたのよ。誤解されやすいし、兄様への仕打ちは許されるものではないけれど、情のない御方ではないの。十織《とおり》がダメになったとき、あなたが新しい場所に嫁《とつ》げるように、嫁入り道具にしたかったみたい」

「気持ちは嬉しいけれど。わたし、余所《よそ》には行きたくない」

「あら、嬉しい。ずっといてくださるの？　十織に」

「ずっといたい。……あの、薫子《かおるこ》様は」

「まだ、兄様と顔を合わせるのは難しいみたい。仕方ないわ、二十年ものの確執だもの、そんな簡単に仲良くはできないでしょう。簡単に仲良くなれたら、ずっと苦しんでいた兄様も可哀《かわい》そう。……でもね、少しずつでも、お互いのことを知ろうとしている。それだけで奇跡みたいなものだと思うの」

「いつか。いつか、仲良くできる日が来たら嬉しいね」

「ええ。いつか、そんな日が来たら嬉しいわ。義姉様、十織に来てくれてありがとう。あなたが来てくれてから、十織には良いことしか起こらないの。素敵な縁を結んでくれたのね、きっと」

「縁って。それは十番様《じゅうばんさま》のお仕事だよね？」

「一途《いちず》に織るあなたは、きっと十番様の寵愛《ちょうあい》を受けているのよ。兄様は、生まれたときから、縁に恵まれていない。そう思っていたけど間違いだった。――あなたと縁が結ばれていた。それだけで、兄様の人生にはお釣りが出るくらい」

「それは、わたしが言いたいことだよ。こんな幸せな生活、昔は想像したこともなかったの。想像もできなかった」

命尽きる日まで、工房で一人きり、叔母《おば》の代わりに織り続けると信じていた。暗がりに現れた《お客さん》は幸福な夢で、真緒の生きる日々は変わることがないと諦めていたから、自分が虐《しいた》げられていることさえ分からなかった。

あの頃の真緒は、名も無き少女は、生きながらに死んでいたようなものだ。

「こんなに幸せで良いのかな、って思うの。素敵な名前を貰《もら》って、家族ができた。好きな人が隣にいて、優しくしてくれる。はじめてのことがたくさんあって、幸せで」

「義姉様は怖いのね？　幸せであることが」

「うん。ときどき怖くなるの、ぜんぶ夢なんじゃないかって」

「ですって、兄様。ちゃんと気持ちを伝えないから、不安にさせてしまうのでは？　兄様が臆病者なら、私が義姉様を幸せにしてあげても良いのよ」

「志津香。それは勘弁してください」

工房に現れた終也は、ばつの悪そうな顔をしていた。

「十織の人間になるのなら、別に兄様の花嫁でなくても良いのよ。母様の養子にしたって良いでしょうし、何なら綜志郎《そうしろう》が相手でも」

「やめてください。母様は美しいですし、綜志郎は良い男だから真緒をとられてしまう」

「わたし、終也が良いよ。終也でないとダメなの」

真緒が零《こぼ》すと、志津香は付き合っていられない、とばかりに溜息をつく。

「大事にしてよ？　兄様を好きになってくれる可愛《かわい》い義姉様なんて、後にも先にも、この子だけでしょうから。義姉様、今度は母様と三人でお茶会でもしましょう？　とびきり美味《お》味《い》しいものを用意して待っているから」

「食べ物で釣ろうとしないでください」

「嫉妬《しっと》深い男は嫌われるわよ。心が狭いのね」

志津香は行儀《ぎょうぎ》悪く舌を出して、部屋を出ていった。

「お茶会」

想像したら胸が温かくなった。義妹と義母に囲まれて、美味しいものを食べて、楽しい時間を過ごす。それは素敵なことで、そんな《はじめて》を楽しみに思う。

「僕の方が、ずっと美味しいもの用意できますからね。お茶だって、志津香よりも上手《じょうず》に淹《い》れられます。あの子、料理やお茶は、もう壊滅的なので」

「終也？」

「家族と仲良くしてくれるのは嬉しいですけれど。僕だけの真緒でいてほしい、とも思ってしまうのです。僕は心が狭いので」

「……？　終也だけの機織《はたおり》だよ？」

「機織ではない君も欲しいんです。僕のお嫁さんなのに」

どうにも会話が噛《か》み合っていない。真緒は、もしかして、自分は勘違いをしていたのではないか、と思った。

「僕の機織さんって言ったから。だから、機織として求められているんだって思ったの。終也の機織なら、ずっと幸せだなって」

終也は呻《うめ》き声をあげた。

「僕は、機織である君のことも大好きです。でも、君自身のことだって、大好きなのですよ。君の機織の音を聞いた夜から、ずっと恋をしている。恋をしているから、僕の糸は美しくなった、と君は知っているはずなのに。少しも伝わっていなかったなんて」

「恋？」

「僕の好きの意味を、君が理解してくれるのを待っているつもりだったのですけれど。これくらいは許してくださいね？」

ふわり、と唇が重なった。頬《ほお》を赤くした真緒に、終也は嬉しそうに笑う。

「僕の好きは、こういう好きです。分かりますか？」

「……わ、分からないけど。でも、いつか分かりたいの」

「はい。一緒に分かっていきましょうね。僕が、どれだけ君のことが好きなのか、ちゃんと伝わるように頑張りますから」

何をどう頑張るのか聞きたいようで、聞きたくなかった。上機嫌に身体を揺らしていた終也は、ふと、工房の隅に目を向ける。

「君の織るものは、やっぱり美しい」

終也は衣桁《いこう》にかけられた色打掛を手に取って、そのまま真緒に羽織《はお》らせた。織りだされた四季折々の花々が、まるで花嫁を祝福するように、打掛のうえで躍る。

「ねえ、僕の機織さん。僕と結婚してくださいますか？」

結婚。あの日、迎えに来てくれた彼が口にした言葉の意味が、名無しの少女には分からなかった。分からぬまま、夢見るように頷《うなず》いた。

だが、終也に名前を与えられた今の真緒には、その意味が分かる気がした。

「ずっと一緒にいてくれるの？」

「ええ。始まりから終わりまで、永遠に。君と僕の縁が、途切れることなく、固く結びつくように」

「なら、わたしもぎゅっとしておく。糸が解けないように」

真緒は背伸びして、終也の頬に口づけた。今はこれが精いっぱいだが、いつか、彼が望むとおりの思いを返せるようになりたい。

始まりから終わりまで、ずっと隣で、この人に恋をしたい。

「ありがとう。わたしを迎えに来てくれて」

美しい人は微笑《ほほえ》んで、真緒を抱きしめてくれた。

※この作品はフィクションです。実在の人物・団体・事件などにはいっさい関係ありません。

集英社オレンジ文庫をお買い上げいただき、ありがとうございます。
ご意見・ご感想をお待ちしております。

● あて先
〒101-8050　東京都千代田区一ツ橋2-5-10
集英社オレンジ文庫編集部 気付
東堂　燦先生

十番様の縁結び

神在花嫁綺譚

集英社
オレンジ文庫

2022年 4 月26日　第1刷発行
2022年12月 7 日　第4刷発行

著　者　東堂　燦
発行者　今井孝昭
発行所　株式会社集英社
〒101-8050東京都千代田区一ツ橋2-5-10
電話【編集部】03-3230-6352
【読者係】03-3230-6080
【販売部】03-3230-6393（書店専用）
印刷所　図書印刷株式会社

ISBN 978-4-08-680443-1 C0193

しれない。息子さんの死という災《わざわ》いを、誰かに押し付けることさえできれば」

　ひょっとしたら松江夫人は、もう自分が何をやっているのかさえよくわかっていなかったのかもしれない、と東天は語った。

「西待は、『息子さんの遺品であるオカルト本を、松江さんが読み込んだ形跡があった』と言ったね。我が子の痕跡を辿るうちに、『子供を呼び戻して生き返らせることができるんじゃないか』という妄想に取り憑かれていったのではないかな」

　その口調から、本来ならば、瞳の琥珀色を翳《かげ》らせているだろう兄の憂《うれ》いが感じ取れ、俺も目を伏せる。

「ところで、二人とも。僕が朝にした『ハナ寄せ』の話を覚えているかい。そう、東北の口寄せ、つまり降霊術文化の話さ。……ここから先は完全に単なる僕の推測になるけれども。意図的に花嫁人形やむかさり絵馬の風習について知っているのを伏せていたことから考えて、彼女はひょっとしたら、なんらかの口寄せ文化に関わる家柄の出だったのかもしれない。つまり、降霊に関する技術や知識は、ある程度『ホンモノ』だったと仮定するよ」

　南ン南方、観音浄土ォ、北ン北方、釈迦ン浄土。東ィ東方、薬師ン浄土ォ――三途の川辺と思しきあの不思議な場所で聞いた声が、耳の奥に蘇った。

　確かに、松江夫人の声だったのだ。……彼女自身が巫女として、未婚の霊の「ハナ寄せ」を行う呪文だったということか。

「僕が弾かれた結界も、たぶんそういう故郷の技術の何かを転用したのだろうね。ウィンチェスター・ミステリーハウスじみた屋敷の魔改造も含め、おそらく『亡くなった息子さんの霊を閉じ込める』ためのものだ。彼女に口寄せ巫女としての知見があったとして、息子さんの姿なり声なりが感じとれていたか、正確なことは僕にはわからないけれど。……できてはいなかったのじゃないかと予想するよ。有象無象《うぞうむぞう》までひっくるめて捕まえてしまっていたようだからね」

あべこべの技術で、彼岸に憩《いこ》おうとする息子の霊を此岸に引きずり戻して閉じ込めることまでは成功したが、そこから「肉体を与えて息子を甦《よみがえ》らせる」技術を、松江夫人は持ち合わせていなかった。当然の話だ。

情報を求めてあれこれ探し回っているうちに、『特殊葬儀屋』の情報にいきつき、さらには息子さんによく似た面差しを持ち、ちょうど年頃も同じ俺のことを、偶然に知ってしまった。

「松江さんは文字通り、お前をよりましにして、死んだ息子を甦らせることができるのではないかと考えたのかもしれない。またはその裏で、なぜ自分の子供は死んで、似通った顔のこいつはのうのうと生きているんだと、八つ当たりじみた行き場のない怒りが湧いた可能性だってある。周到にも大型犬用のケージや練炭まで準備していたわけだから、どちらの感情が強かったのか、あるいは両方か……もちろん真意は測れんだろう。が、なんにせよ正常な思考回路を持つ人間の所業とは思えないね」

先だっての東北の一件で東天から聴いた、安達ケ原《あだちがはら》の鬼婆《おにばば》の話を、少しだけ思い出す。鬼婆はもともと人だった。だが、敬愛する姫君のために、胎児の生肝《いきぎも》を生薬《しょうやく》として得ようと狙ううち、己の娘を手にかけて鬼となった。

——H島の一件でもそうだ。仲間を売って金を得たユダの家は、島民たちから鬼と謗《そし》られ憎まれた。そして、憎むうちにそれがだんだん快感に変わっていった島民たちの心根もまた、鬼と呼んで然るべきか。

自分の益やいっときの感情のために、誰かを犠牲にしても構わないと思った時。その人間は、鬼になるのかもしれない。まさに、ひと食い鬼に。

「なんにせよ、通り魔に遭ったようなものだね。お前にとっては全部とんだとばっちりだったわけだ」

「……」

饒舌に語る東天の推理を聞きながら。

もう怒りは湧かず、ただ呆れるばかりで。俺は、せっかく肺に溜め込んだ空気を、深いため息で根こそぎ消費してしまった。

「で。警察に連絡するのは本当にいいのかい、西待？　呪術云々《うんぬん》は現代日本では罪に問えないものの、練炭を焚いた密室にお前たちを閉じ込めたのは、殺意が有り余るほど認められる立派な犯罪だ。ま、通報するには、少々タイミングを逃したような気がしなくもないけれど」

「……いや、いいよ」

やや考えたのち、俺はゆるく首を横に振った。

「松江さんはいまだにかなり社会的地位がある人だし、理性は残っていると思う。……今回失敗したからには、もう俺に関わってくることはないんじゃないか。あっちだって下手に話を大きくしたいとは思わないだろうし。きっとこのまま、何もなかったことにするのがいいと思う」

表立って事を荒立てるより、何食わぬ顔で思わせぶりな文面の依頼不承諾のメールの一本でも打っておいたほうが、よほど効果があるだろう。そうすればおそらく、松江夫人が俺たちに手を出してくることはもうない……はずだ。……たぶん。

俺の言葉に、椿姿の東天は呆れ返った様子でまたチカチカと明滅してみせた。

「やれやれ。大丈夫なのかい、そんなことで。相変わらずのお人好《よ》しめ」

「今回は戦略的撤退と呼んでくれ」

むしろ俺がこれ以上あの人に近寄りたくない。余計なことで疲弊《ひへい》するのは懲《こ》り懲《ご》りだ。

「別に、奥さんのこと庇《かば》うわけちゃうけど……ボク、息子さん本人は、お母さんがそんなことするんを望んでなかったと思うで」

不意にぽつりと慧が呟くので、俺は「どういうことだ？」と問い返す。慧は顔をしかめ、茶髪をガシガシかき回した。

「まあ、根拠ってほどでもないねんけど。屋敷の中に入った時から聞こえていた霊たちの合唱の中に『お母さん、もういいから、もうやめて』って声があってん。若い男のんやったと思う」

「それ……」

俺がしばらく二の句を継げずにいると「そういえば」と東天がふわりと光を強めた。

「僕が体当たりした時、やけに衝撃というか、跳ね返りが少なかった。内側からも同時にぶつかってくれたものがあるような感じだったな」

確かに、床に積もった窓ガラスの残骸《ざんがい》が少ないなと感じたのを、同時に思い出す。半分は外に向かって吹き飛ばされたからだったのか？

「ひょっとしたら亡くなった息子さんが、……だんだん自分のお母さんがおかしなってくんを見かねて、止めてくれたんかもしれんね」

――まあ、そうやったらええんやけどなって、半分はボクの希望みたいなもんやけども。

慧の言葉に、俺は複雑な思いで頷いた。

「にしても、西待兄ちゃんほんま危なっかしいわ！　……下手したら普通に死んでたんちゃう？　変な依頼ホイホイ受けんとってや。ボクまで死ぬとこやったやんか。頼むわほんま」

意図せずして重苦しくなった空気を掻《か》き消すように手を振りつつ、慧がベンチの背もたれにへばりつくようにのけぞる。

その前方で、首肯《しゆこう》を示すように、紅い椿の花がふわふわと上下に浮遊する。

「まったくだよ。初めから僕はやめておけと言っていただろう。別に断ったところで次の依頼が来なくなるわけじゃなし、どうして素直に忠告を聞いておかなかったのだ。こういう危ないことをするのはもうこれきりにすること」

「……善処はする」

自分の顔が苦虫を嚙み潰したような様相になっているのがわかる。

「善処ではなく確実に頼みたいものだ。……ねえ西待。僕は前々から気になっていたのだけれど。そこな僕の弟は時々、やたらと訳もなく自暴自棄な時がありはしないかい」

「……」

椿姿の東天は、蛍《ほたる》のように光の尾を引いてこちらに飛んでくると、俺の顔のすぐ前でぴたりと止まった。

「お前、よもや僕の代わりに自分が死んでいればよかったのに、なんて悔やんではいまいね」

——図星を突かれた、と思った。

知らず唇を噛み締める俺に、東天は痛いものを堪《こら》えるように白色の光を弱めた。

「僕がいまだにこの世に留まっているのも、ひょっとして自分のせいだとでも？　むしろ、死んだ原因を探ろうとか考えているんじゃなかろうね」

「……」

「西待。それはだめだ。お前は僕を見るな」

答えられない俺に向かい、東天は諭《さと》すように滔々《とうとう》と続けた。

「時間よ止まれ、お前は美しいなんてとんだ妄言じゃあないか。文字通り時を止めてしまったものの末路なんて悲惨《ひさん》なものだ。開かれなくなった扉の蝶番《ちようつがい》も、動かなくなった時計の歯車も、等しく錆《さ》びて朽《く》ちるのを待つばかりなのだからね。死んだ人間の思い出ばかり魅力的に感じるのはね、今を生きる自分の醜さから目を背けたいだけの現実逃避にすぎない。いいかい、……お前はお前だよ。生者が死者に引っ張られてはならない。決して」

「……別に」

俺は俯《うつむ》いて、否定らしきものをうめく。

はあ、と。花のくせにいっぱしにため息をつき、東天はすいっと俺から離れて、街灯くらいの高さまで昇っていく。

かと思うと、一際強く花弁を光らせ、宵闇に滑り出すように人型を形作った。

光から色素の薄い髪が浮き上がり、漆黒の学ランが滲み出し——あっという間に、そこには元通りの『東天』が浮かんでいた。本体のように単体で移動していた椿の花は、いつもと同じく胸ポケットにおさまっている。

背後のバスの標識が透けて見えることから、普段よりも幾ばくか薄くなってはいるが、ここに来る前のように「画像がほつれて」はいない。

「兄さん、戻ったのか？」

俺が尋ねると、「ん、まあたぶん」と自身の手を握ったり開いたりして確認しつつ、東天は頷く。だから、たぶんってそんないい加減な。

「やれやれ、まだ成仏はしないみたいだ。そういうわけで、今後ともよろしく頼むよ、愚弟」

にっこり微笑んでこちらを見下ろしてくる兄を眺め上げてから、俺は頷くでもなく視線を逸らした。

どうしてわざわざ東天が嫌がるこの話を受けようと思ったのか。

それは、歳若くして死んでしまったという、松江夫人の息子さんの境遇が、東天に近かったせいだ。

——だからこそ、ヒントがあるかもしれないと考えた。

かつて、「とむらいには二つの意味がある」と兄は語った。一つは誰かの不幸を悼む儀式、すなわち葬儀をあげること。そしてもう一つは、外来の旅客となって、誰かを、どこかを訪問すること。

俺が全国を回っているのは、いまだに霊として彷徨う東天を向こう岸に送るための「とむらいの旅」に他ならない。

特殊葬儀にこだわるのは、変わった「弔い」の儀礼の中に、兄を無事に彼岸に憩わせる方法があるかもしれないと見込んでのことだ。

とむらい、は「訪い」でもあると兄は教えてくれた。

そして、改めて思い出す。「訪い」としてのとむらいの持つ、慰問や訪問ではないもう一つの意味。それは、――何かを探し求めること、なのだそうだ。

鬼籍に入ったはずでありながら、今なお中有にとどまってしまった兄の魂を、俺は鬼にせず鎮魂する方法を探している。だからこそ今回の冥婚も、「変わっているなら変わっているほうがいい」と前向きだった。そして、その手がかりは、東天が死んだ理由に深く関わっているのではないか、とも。

生きている限り、俺は兄を置いていく。――生前は、たった二つしか違わなかったのに。

その享年《きょうねん》の十八歳などとっくに追い越し、俺と彼の年齢は、これからもただ離れていくばかり。追いかけていた背が小さく幼くなっていくのを、漫然と見続けるのはごめんだ。

きっとこれからも、危ないことがあっても俺は首を突っ込んでいくと思う。……そこに、この兄を無事に然るべき地へ送り出すための、そして自分から兄を奪った原因を突き止めるための、ヒントが隠れているのなら。それを希求してやまないから。

西方浄土より阿弥陀の来迎を待つ。自分の名前の通りの、死者の送り手として。

不意に、すっかり日の暮れきったバス道の果てから、白い光が近づいてきた。四角いシルエットが闇の向こうに浮かび、ブロロロ……と重たいエンジン音もついてきたから、やっとバスが来てくれたらしい。俺は軽い調子で、東天と慧に向けて、近づいてくるそれを指さした。わざと冗談めかして言ってみる。

「行こう。お迎えが来た」

俺は葬儀屋だ。

この美しい亡霊と連れ立ったまま、いつか目的を果たすまで、俺のとむらいの旅は続くのだろう。

主要参考文献一覧

『鬼と異形の民俗学　漂泊する異類異形の正体』2021　飯倉義之　監修（ウェッジ）
『誕生と死の民俗学』2007　板橋春夫　著（吉川弘文館）
『葬祭業界で働く』2015　薄井秀夫・柿ノ木坂ケイ　著（ぺりかん社）
『日本の深層　縄文・蝦夷文化を探る』1994　梅原　猛　著（集英社）
『沈黙』1981　遠藤周作　著（新潮社）
『隠れユダヤ教徒と隠れキリシタン』2002　小岸　昭　著（人文書院）
『折口信夫全集（20）　民族史観における他界観念・神道宗教化の意義　神道・国学論』1996　折口信夫　著（中央公論社）
『日本産育習俗資料集成』1975　恩賜財団母子愛育会　編（第一法規出版）
『生と死の接点』1989　河合隼雄　著（岩波書店）
『弔いの文化史　日本人の鎮魂の形』2015　川村邦光　著（中央公論新社）
『日本妖怪学大全』2003　小松和彦　編（小学館）
『妖怪学新考　妖怪からみる日本人の心』2007　小松和彦　著（洋泉社）
『鬼と日本人』2018　小松和彦　著（KADOKAWA）
『奇跡の村　隠れキリシタンの里・今村』2002　佐藤早苗　著（河出書房新社）
『遺体と火葬のほんとうの話』2019　佐藤信顕　著（二見書房）
『中国妖怪人物事典』1996　実吉達郎　著（講談社）
『葬式は、要らない』2010　島田裕巳　著（幻冬舎）
『日本の幽霊』1988　諏訪春雄　著（岩波書店）
『葬儀の民俗学　古代人の霊魂信仰』2010　筒井　功　著（河出書房新社）
『葬送墓制研究集成　第一巻　葬法』1979　土井卓治・佐藤米司　著（名著出版）
『日本のお葬式はどう変わったか　お葬式の今までとこれから』2013　中田ひとみ　著（彩流社）
『日本歴史新書　隠れキリシタン』1984　古野清人　著（至文堂）
『世界の葬送　125の国に見る死者のおくり方』2009　松濤弘道　監修　「世界の葬送」研究会　編（イカロス出版）
『葬送習俗事典　葬儀の民俗学手帳』2014　柳田国男　著（河出書房新社）

※この作品はフィクションです。実在の人物・団体・事件などにはいっさい関係ありません。

集英社オレンジ文庫をお買い上げいただき、ありがとうございます。
ご意見・ご感想をお待ちしております。

●あて先
〒101-8050　東京都千代田区一ツ橋2-5-10
集英社オレンジ文庫編集部 気付
夕鷺かのう先生

葬儀屋にしまつ民俗異聞

鬼のとむらい

集英社
オレンジ文庫

2022年5月25日　第1刷発行

著　者　夕鷺かのう
発行者　北畠輝幸
発行所　株式会社集英社
〒101-8050東京都千代田区一ツ橋2-5-10
電話【編集部】03-3230-6352
【読者係】03-3230-6080
【販売部】03-3230-6393（書店専用）
印刷所　図書印刷株式会社

ISBN 978-4-08-680447-9 C0193